Meu irmãozinho

Ibrahima Balde
Amets Arzallus Antia

Meu irmãozinho

tradução
Estebe Ormazabal

todavia

Irmãozinho,
vou te contar minha vida

Este livro é dedicado a Alhassane Balde

Muito obrigado, família e amigos,
e todo mundo que nos ajudou ao longo do caminho

Não tive tempo de aprender a escrever. Se você me disser Aminata, sei que começa com A, e se me disser Mamadou, acho que começa com M. Só não me peça para construir uma frase inteira, eu ficaria confuso assim que começasse. Mas traga uma ferramenta, uma chave para consertar caminhões, por exemplo, e deixe-a em cima da mesa. Direi de imediato: "Esta uma treze, ou esta uma catorze". Mesmo se a mesa estiver cheia de chaves, eu, de olhos vendados, vou pegar a ferramenta na mão e dizer: "Esta é uma oito".

Este livro foi escrito por Ibrahima Balde, com a voz,
e por Amets Arzallus Antia, com a mão

RESGATE MARÍTIMO
ARGE
ORÃ
TÂNGER
NADOR
MOHAMED SALAH
UJDA
MARROCOS
TIZNIT
GHARDAIA
OUARG
TAXISTA
ADRAR
ARGÉLIA
REGGANE
EL BOROUJ
55 Km
TIMIAUIN
TAALANDA
94
MALI
KIDAL
GAO
GUINÉ
THIANKOI
BAMACO
SIGUIRI
CONACRI
ZERECORÉ
LIBÉRIA
MONRÓVIA
(WATAZAI)

SÁBRATA
ZAUIA
ZINTAN
DEBDEB
GADAMÉS
LÍBIA

Primeira parte

I

Nasci na Guiné, mas não na Guiné-Bissau, não na Guiné Equatorial. Há outra Guiné, cuja capital é Conacri. Faz fronteira com seis países. Vou lhe falar três: Senegal, Serra Leoa e Mali. Aconteceu de eu estar lá quando nasci.

Sou da etnia fula e nossa língua é o pular, mas também sei falar malinké. E me viro em susu. Na Guiné são faladas vinte e cinco línguas. Vinte e seis, aliás: há o francês. Falo francês também, porque aprendi na escola. Mas eu sou fula, conheço todas as palavras em pular. Em susu, mais de mil. E em malinké, um pouco menos que em susu. Não sei quantas palavras conheço em francês.

Em susu, pão se diz *tami*; e pai, *baba*. Em malinké, mãe se diz *na*; e dor, *dimin*. Minha mãe quase morreu ao me trazer ao mundo, porque eu era gordo demais e ela perdeu muito sangue. Em pular, sangue se diz *yiiyan*; e mundo, *aduna*.

Meu parto foi em Conacri, porque meu pai morava lá, mas assim que nasci voltamos para a aldeia, para Thiankoi. Thiankoi fica longe do mar e perto de Kankalabe. O nome da região é Mamu, a prefeitura se chama Dalaba. Morei lá até os cinco anos com minha mãe. Meu pai voltava na estação das chuvas, em março, para ajudar minha mãe a trabalhar a terra. E depois de mim nasceram mais três irmãos: duas meninas e um menino.

Tínhamos doze ou treze vacas na nossa casa e eu ajudava minha mãe a cuidar delas. Outras vezes, minha mãe me mandava buscar água e eu ia ao poço, *puiser de l'eau*. Também fazia outros trabalhos, lavava roupas e ficava ao lado dela. São mais ou menos essas as lembranças que eu tenho da minha mãe. Quando tinha cinco anos, meu pai veio me buscar.

2

Meu pai vendia sapatos. Ele os vendia na rua, mas eram sapatos de casa, *des repose-pieds*. A casa não é lugar para correr. A banquinha de venda ficava a quinhentos metros da nossa casa, uma mesa pequena na beira da estrada. Meu pai ficava lá o dia todo. Às vezes alguém vinha e eles começavam a conversar, primeiro sobre os sapatos de casa e então sobre dinheiro. Meu pai ficava muito feliz. Mas a alegria não é uma coisa que dure. E depois de falar em dinheiro, pegava dois pedaços de bambu debaixo da mesa e fazia um pequeno buraco em cada um deles. Uma parte ficava com ele e a outra com o comprador. O tamanho da dívida dependia do tamanho do furo. Meu pai tinha muitos bambus assim debaixo da mesa. Ele dizia que um dia abandonaria os sapatos e começaria a tocar flauta, mas continuava a vender sapatos.

Às vezes, ele ia rezar e eu ficava sozinho na mesinha. As pessoas se aproximavam e ficavam olhando para nossos sapatos. Mas eu falava: "Não posso vender pra você, o velho não está aqui, tenho que esperá-lo". Eu não conhecia bem a cor do dinheiro, não sabia qual era o valor de cada nota. Era muito pequeno. Assim, ficava esperando o velho. O velho é meu pai, o nome dele é Mamadou Bobo Balde.

Morei com meu pai em Conacri dos cinco aos treze anos. De cinco a treze tem oito números, mas de Conacri até nossa aldeia tem um pouco mais, por volta de quatrocentos e trinta. Demais para ir sozinho. Com os sapatos de casa, você não pode caminhar tanto. Isso é o que meu pai costumava me dizer, que eu nunca chegaria. Então eu ficava ao lado dele na nossa mesinha à beira da estrada, sem ver minha mãe.

Eu tinha um amigo mais velho do que eu, que me amava muito. Ele me falava para pedir tudo o que eu precisava. Às vezes eu pedia sapatos, e ele os dava para mim. Outras vezes pedia algo para comer, e ele me trazia. Cuidava de mim como se fosse um irmão mais novo. Aquele amigo se chamava Muhtar. Certa vez, pedi a ele que escrevesse uma carta à minha mãe, e ele escreveu. Fomos juntos à rodoviária de Conacri e lá entregamos a carta para que outra pessoa a levasse até a aldeia. Não sei se ela foi de bicicleta ou de ônibus, mas sei que a carta chegou. A distância não é um problema para uma carta.

Lembro muito da minha mãe. Seu nome é Fatimatu Diallo, e já faz meses que não nos falamos. Ela nem sabe que cheguei à Europa.

3

Não gosto de dizer isto, mas eu tinha medo do meu pai. Ele me dizia: "Ibrahima, não faça isso", e eu não fazia. Mas às vezes eu esquecia e fazia. Então, meu pai tinha um hábito. Tirava o cinto e ordenava: "Ibrahima, deite no chão". Eu dizia, "*dakor*", e ele me dava cinco golpes. Ou dez. Eu entendia bem por que ele estava me batendo e tentava, da próxima vez, não fazer de novo.

Meu pai nunca foi à escola, por isso ficava tão bravo quando eu não ia. À noite, sempre me perguntava: "Ibrahima, você foi pra escola hoje?". E eu falava a verdade "Sim, fui". Ou então: "Não, pai, não fui, fiquei jogando futebol com meus amigos". Mas antes de eu responder, meu pai já sabia de tudo, pois via que eu voltava com as calças sujas. Assim, quando ele voltava da oração da noite, entrava em casa e falava: "Ibrahima, você já sabe". Eu deitava no chão e ele tirava o cinto. Me dava cinco golpes. Ou dez. Uma boa surra. Depois, punha o cinto de volta, orávamos e íamos dormir.

Eu amava meu pai. E meu pai também me amava.

Ele sempre me acordava de manhã. Vinha até meu lado e me dizia: "Ibrahima, está na hora de acordar". Eu levantava, orava e ia para a escola. A escola não era nada fácil, a única coisa que nos ensinavam era francês. Francês e outras três coisas. Primeiro, como atravessar a rua. "Olhe para a esquerda e para a direita, e depois você atravessa." Eu me lembro disso. Segundo, nos ensinavam a respeitar as pessoas. Uma pessoa deve ser respeitada, *parce que c'est comme ça*. E terceiro… esqueci, não me lembro, mas acho que era importante. Aprendi essas três coisas na escola.

Era uma escola pública, mas saí de lá antes de passar para o sexto ano, porque não tinha ajuda. Ajuda é dinheiro, e o dinheiro sempre é necessário. Eu queria continuar na escola, mas não foi possível.

4

Meu pai era um homem bom, mas tinha uma doença, diabetes. Toda hora íamos ao hospital, e quando íamos até lá não podíamos ficar na nossa mesinha. Aí as vendas caíram muito. E ficamos sem dinheiro.

Meu pai começou a fazer perguntas difíceis: "Ibrahima, como vamos fazer agora? Não estou saudável, e você ainda é uma criança". Eu lhe respondia: "Velho, eu largo os estudos e começo a ir atrás de dinheiro", mas ele não queria isso. "Você é pequeno", me respondia, "é cedo pra você, você irá fazer isso mais tarde." Mas nem sempre esse *mais tarde* chega.

Certo dia, voltei da escola às quatro em ponto. Entrei em casa, me lavei um pouco, e desci a rua para me encontrar com meu pai. Mas esse pai não se parecia com ele mesmo. "Ibrahima, estou com frio", me disse. "*Dakor*", eu respondi, "vou pra casa pegar um casaco, me dê três minutos." "Depressa", me disse. Peguei um casaco e uma cadeira e ele ficou sentado. Comecei a recolher a mercadoria, pois naquele dia meu pai não se parecia com ele mesmo.

Quando chegamos em casa, ele perguntou se eu estava com fome. "Não, estou bem", respondi. "Então vou para a mesquita, faço uma oração e volto já." "*Dakor*", eu disse, "vou te esperar aqui." Quando ele voltou, perguntou se eu já tinha orado. Eu disse que sim, mas era mentira.

Sempre me lembro muitas vezes dessa mentira. Não lhe contei a verdade porque a verdade era muito triste. Enquanto ele orava, fiquei pensando. "Se eu ficar sem pai, minha vida acabou. Ele é o único que pode me ajudar, que tem um pouco de dinheiro pra pagar meus estudos." Pensei tudo isso. Mas não contei para ele. Oramos e fomos dormir. Era por volta das nove da noite.

Às onze, meu pai acordou de novo. Eu ainda não tinha dormido. "Estou com muita dor de cabeça", me disse. Me deu uma nota de mil francos e me mandou ir comprar um remédio. "Paracetamol", disse ele. Quando saí à rua tudo estava escuro, todas as farmácias estavam fechadas. Continuei até o fim da avenida, mais ou menos três *kilo*, mas foi em vão. Voltei para casa sem o paracetamol. "Não é nada", meu pai me disse, "já vai passar." Mas toquei seu corpo e notei que estava em chamas. Ficamos um ao lado do outro por um tempo. E adormeci.

Acordei às seis da manhã. Vi que meu pai estava dormindo. "Papai", eu disse, "já é de manhã, normalmente você me acorda, mas hoje você não me acordou." Ele não me respondeu. Repeti três vezes, e ele não me respondeu. Então bati na sua cama com a ponta dos dedos, para ver se ele acordava, mas não se mexeu. Peguei no queixo dele e foi como tocar gelo. Passei a mão no seu corpo. Tudo gelo. "Pai", comecei de novo, "já é de manhã, você sempre me acorda, mas hoje você não me acordou." Ele não me respondeu, comecei a ficar com medo.

Não sei o que deve ser feito em uma situação dessas. Saí de casa gritando "*faabo, faabo*". Na nossa língua, essa palavra significa "preciso de ajuda". Os vizinhos chegaram e perguntaram: "Ibrahima, o que está acontecendo?". "Meu pai está com problemas", expliquei a eles, "entrem e vocês vão ver."

Um vizinho ligou para o outro, e esse outro, para outro. Antes que eu percebesse, havia uma grande movimentação na nossa casa. Finalmente alguém foi procurar o imã. Quando chegou, ele olhou primeiro para meu pai e depois para mim. Depois, de novo para meu pai. Então se aproximou de mim e me disse: “Ibrahima, venha comigo”. “Não posso”, respondi, “tenho que ficar aqui.” “Não, Ibrahima, você vai vir comigo, não pode ficar aqui”, insistiu o imã. “Não me importo”, respondi, “aconteça o que acontecer, tenho que ficar aqui com meu pai.”

Percebi que eles estavam escondendo alguma coisa de mim, e lhes disse: “Fui eu que saí de casa procurando ajuda. Se tem algum problema, acho que tenho que saber”. Disseram que meu pai tinha perdido a vida.

5

Agora já sei que quando alguém morre fica congelado. Ou talvez congele primeiro e depois morra, tenho dúvidas em relação a isso. Queria ir explicar isso para minha mãe e pedir alguns conselhos. Por exemplo: "Mãe, agora o que vou fazer da vida?".

Eu tinha um tio velho em Conacri, o irmão mais velho do meu pai, e fui procurá-lo. Disse a ele que meu pai tinha morrido e que eu queria voltar para a aldeia com minha mãe, mas ele me respondeu que não tinha dinheiro. "*Oke*", eu disse, e voltei para casa.

Nossa casa era pequena, tinha apenas um cômodo. Não tinha nem cozinha. Um canto para rezar e uma cama para se deitar. Eu dormia no chão, em cima de um tapete.

Meu pai pagava cem mil francos da Guiné todo mês pelo aluguel da casa. Cem mil francos da Guiné são dez euros. Sim, dez. Dito assim, parece fácil, mas não era nada fácil para mim. Como ia pagar a casa? E como ia pagar o ônibus para ir até minha mãe? Fiquei sentado na escada pensando nessas duas coisas. Principalmente na segunda. E também tinha um terceiro pensamento que eu não conseguia mandar embora: meu pai e sua morte gelada. Naquele instante eu chorei.

Por fim, apareceu um vizinho. E então outro. E mais outros. Eles não eram ricos, morávamos todos em um grande quarteirão, *dans la haute banlieue* de Conacri. Mas tinham um bom coração. Passaram a mão na minha cabeça e todos contribuíram com dinheiro para que eu fosse me reunir à minha mãe. "*Jaarama buy*", disse a eles. *Jaarama buy* significa "muito obrigado" na nossa língua. "De nada", me responderam, e "boa sorte". Respirei toda a sorte que pude e fui para a rua.

6

Há uma grande rodoviária em Conacri, nós a chamamos de *gare-voitures*, *gare-voitures de Bambetto*. Os ônibus para nosso vilarejo partem às segundas e quintas-feiras, às seis horas da tarde. Mas na verdade eles não chegam até lá, param em Kankalabe. De lá é preciso continuar a pé até Thiankoi. Mais nove *kilo*. Saí em uma quinta-feira de Conacri e cheguei a Thiankoi na noite de sexta-feira, já tinha escurecido.

Quando cheguei em casa fiquei sem palavras, mas quando minha mãe me viu, pensou que havia algo errado. "Ibrahima, o que você tem?", perguntou. "Não estou bem, mamãe", respondi, e fiquei quieto. Ficamos olhando um para o outro. "Acho que você está me escondendo alguma coisa", ela disse.

Minha mãe pegou uma cadeira e sentou-se ao meu lado. Começamos a conversar. Falamos muito sobre o diabetes do meu pai e depois sobre o que estávamos aprendendo na escola. "Ibrahima, se o papai perdeu a vida, você tem que me contar." "Claro", respondi, e ela entendeu tudo. Então começou a chorar, gemendo, e me contou várias histórias do meu pai. Eu me arrependi um pouco. Não queria dizer a ela naquela noite que ele tinha morrido, sabia que ela ia chorar muito e que acordaríamos todos na casa. Mas não consegui esconder as palavras. E assim, ficamos lá até o amanhecer, sentados em duas cadeiras, lado a lado.

De manhã, minhas irmãzinhas, Fatumata Binta e Rouguiatou, acordaram primeiro. Depois meu irmão menor, Alhassane.

Quando os vi, minha alma se despedaçou, percebi que éramos uma casa sem esperança. E eu, o mais velho da casa. Você sabe o que isso significa.

Minha mãe me mostrou uma foto antiga do meu pai. "Pai", eu disse, e ela não respondeu. "Mãe", falei depois, "agora não vou poder continuar estudando." Minha mãe também não respondeu.

7

Nossa mãe tem muita paciência, mas não tem muita força. Quando eu digo força, quero dizer vontade, e quando digo vontade, dinheiro. Minha mãe é uma pequena agricultora, tem uma pequena criação. Tem umas vacas, cabras e uma pequena horta. Só isso.

Quando contei para ela que meu pai tinha morrido, ela sugeriu: "Ibrahima, vou vender duas vacas. Com isso você poderá começar alguma coisa". Respondi que não, que as vacas eram necessárias em casa, porque depois de mim vinham mais três crianças, mas ela não prestou atenção.

Três dias depois, ela me disse: "Ibrahima, tome o dinheiro, novecentos mil francos". Novecentos mil francos guineenses são noventa euros. "Este dinheiro é para o seu desenvolvimento", especificou, e eu sabia o que ela queria dizer com aquilo. "Mãe, eu não levo jeito para os negócios", expliquei. "Além disso, pensei um pouco, e o melhor é que eu vá para outro país, aqui não há oportunidades." Ela segurou a cabeça com as mãos e começou a chorar. Perguntou se eu queria fugir de casa. "Não, mãe, não é isso."

Por fim, ela entendeu minhas palavras e disse "*Oke*". "*Oke*" e duas coisas mais. Primeiro: "Ibrahima, cuide-se bem". E depois: "Vou rezar todos os dias para que Deus cuide de você". "*Jaarama buy*", respondi, muito obrigado. E fui embora para Conacri.

Lemoune
KOURi
CoPoROU

8

Muitos ônibus partem da rodoviária de Conacri, em todas as direções. Sentei-me em um banco e fiquei olhando o movimento. "Eu vou para a Libéria", pensei. Não sei por quê, talvez por causa do nome, porque é fácil de pronunciar. Serra Leoa é mais comprido, Costa do Marfim também. Além do mais, alguém me disse que para uma criança havia mais oportunidades de achar um trabalhinho na Libéria. Acho que é por isso que escolhi, mesmo que àquela altura eu já não fosse mais criança. Eu tinha treze anos.

Vi escrito no para-brisa de um micro-ônibus: Li-bé-ria. Mas quando cheguei perto do motorista, ele disse não com a cabeça: "Não posso te levar, você é muito pequeno". "Treze anos", respondi. "Você é muito pequeno", ele repetiu.

Depois de um pouco de insistência, ele perguntou se eu tinha família lá. Respondi que não. "E por que você vai para lá?" "Você tem um tempinho?", perguntei. "O micro-ônibus vai sair em vinte e oito minutos", respondeu. "*Oke*", e comecei a contar meu caso.

Ele ouviu tudo com atenção. "Vou te levar", concordou, "mas você vai ter que ir no teto do micro-ônibus, *dans le porte-bagages*." "Muito obrigado", respondi. E comecei a subir. Na África não é como aqui, lá as mercadorias vão no teto do ônibus.

Todas as malas estavam no meio e eu fui sentado na lateral, com as pernas balançando. A estrada foi longa, três dias. Minha bunda doía um pouco, e minha testa ficou quente. Pensei muitas coisas nesses três dias. Primeiro, por que escolhi a Libéria. Segundo, o que eu faria quando chegasse lá. Terceiro, como deixei minha mãe, Alhassane, Fatumata Binta e Rouguiatou em casa. E quarto: "Quando vamos chegar?".

Já era de madrugada quando o micro-ônibus começou a frear. Alguém gritou "Monróvia" e todos desceram as escadas. Então o jovem motorista subiu no *porte-bagages* e começou a jogar as malas. "Você também fica por aqui", ordenou. "*Oke*", respondi, e desci para o chão num pulo.

9

Na Libéria as palavras mudam muito, em especial a música das palavras. Lá as pessoas falam uma língua diferente. Chamam *market* ao mercado, e na Monróvia tem um grande *market* chamado Watazai. Acho que essa palavra está em francês, *Watazaaai*. Em francês, esse *a* precisa ser esticado um pouco. Em inglês se chama Waterside, o vilarejo à beira d'água.

Watazai é um mercado enorme, meus olhos nunca viram algo assim. Muitos cheiros estranhos se misturam, e as pessoas caminham com cargas pesadas que quase não conseguem carregar. Comecei a ajudar essas pessoas. Quando via alguém com uma carga pesada, pegava uma das suas sacolas e a levava. Depois me pagavam alguma coisa. Três libatis, sete libatis ou quinze libatis. E aos poucos comecei a ganhar um dinheirinho.

Transportar cargas pesadas com treze anos não é um trabalho fácil. Eu ainda era pequeno e as caixas que carregava já eram grandes. As caixas estavam cheias de fruta, às vezes abacaxi e às vezes abacate. Ou de roupas. E havia outras, não sei o que carregavam dentro, mas me deixavam sem forças. "Não consigo", dizia às pessoas, "esta caixa é mais forte do que eu." "*Oke*", respondiam, "vamos procurar outra pessoa", e não me davam um tostão.

Finalmente, o povo do Watazai começou a confiar em mim, e me chamavam pelo nome. "Ibrahima, venha me ajudar a carregar esse *colis*", ou: "Ibrahima, pegue o dinheiro". Isso é importante para mim, pois mostra proximidade. Mas todas as noites, as pessoas que me conheciam sumiam e eu ficava sozinho. Então eu voltava para a rodoviária. Ali, espalhava papelão no chão e fazia uma pequena cama. Foi na Libéria que aprendi a dormir na rua.

Vivi assim por três meses, trabalhando no mercado e dormindo na rodoviária. Por fim, acabei perdendo um pouco a consciência do tempo. Assim, não tenho certeza de qual foi o dia que aconteceu o que eu quero contar agora, mas sei que era no fim de semana, sábado ou domingo.

Vi um homem em uma garagem. Estava trabalhando com mecânica e tinha as mãos sujas. Fiquei olhando para ele e ele para mim. "Você é guineense?", ele me perguntou. "Sim", respondi. "Somos dois", disse ele. Então me deu as costas e continuou a trabalhar. Dois minutos, talvez três. Depois virou os olhos e disse: "Por que você veio para a Libéria?". "Para planejar meu futuro", respondi. "Você tem pais aqui?" "Não." "Você trabalha?" "No mercado, ajudo as pessoas a carregar cargas." "E você pensa que assim vai poder planejar seu futuro?" "Não, mas não tenho outra opção." Ele ficou em silêncio de novo, e então ficamos um bom tempo assim, eu olhando para ele e ele trabalhando.

"Eu também gostaria de ter um emprego", arrisquei. Ele não me respondeu. Estava consertando o motor de um caminhão. Quando terminou, levantou a cabeça e disse: "Que trabalho você gostaria de fazer?". "Eu queria ser motorista, desde criança gosto de caminhões pesados, se eu vejo um jovem dirigindo um caminhão sempre fico olhando." Falei isso de um fôlego só. "Eu sou caminhoneiro", respondeu, "mas você é muito pequeno para eu te pegar como aprendiz. Quantos anos você tem?" "Treze." "É muito pequeno." "Eu sei, mas eu me viro, você me peça tudo que eu puder fazer e eu farei." Repeti isso duas vezes, talvez três, ele me disse para esperar um pouco, que ele precisava de um tempinho para pensar. "*Oke*", respondi. E voltei ao mercado.

10

Passei mais três dias carregando caixas cheias de fruta. Estava com o ombro dolorido. Era terça-feira, ou quarta, não me lembro agora. O homem que conheci na garagem apareceu no mercado, mas eu não o vi. Eu estava transportando um pacote grande. O homem me seguia, mas eu não estava percebendo. Quando deixei o pacote, ele me chamou, "Ibrahima", e eu virei a cabeça.

"Você já almoçou?", ele perguntou. "Não", respondi, e então ele me levou para uma taberna próxima. Pediu um pouco de arroz para nós dois e comemos sentados, ambos da mesma tigela. "Ibrahima, não quero te ver fazendo esse tipo de trabalho de novo, é muito pesado para você." "Eu sei, mas não tenho outra opção, é por isso que faço." "Se quiser, venha comigo, vou te pegar como aprendiz."

Essa frase foi o primeiro contrato de trabalho da minha vida.

O nome do homem era Tanba Tegiano, e o caminhão que ele dirigia era Behn. Tratava-se de um caminhão muito grande e eu era pequeno demais para dirigi-lo, mas eu fazia muitas outras coisas. Colocar óleo, encher os pneus ou ajudar a amarrar a carga. Quando não era possível amarrar a carga, eu costumava ir sentado nela. "Assim não vai se movimentar", dizia Tanba.

Nos seis meses que trabalhei como aprendiz, aprendi muita coisa sobre os caminhões. Sobre as pessoas também. Por exemplo, Tanba não era muçulmano, não lia os versículos do Alcorão e não fazia as cinco orações por dia. Jogava em outro time, com os católicos. Os católicos têm outras táticas, outros hábitos. Tanba me explicou tudo isso. E eu disse: "Tranquilo, Tanba, seu caminhão é muito grande e tem lugar para muitas pessoas dentro dele".

Tanba era um bom homem, não sei como agradecer tudo o que ele fez por mim. Ele me deu comida, me deu roupas e uma família. Por seis meses morei na casa dele. Tanba, a esposa dele e duas crianças, um total de quatro pessoas. Cinco comigo. Eles quatro dormiam em um quarto e eu dormia na sala, no tapete.

Certo dia, liguei para casa.

Minha mãe atendeu: "Alô?". Perguntei como ela estava e me respondeu, "*djantou*". Essa palavra significa "bem" em pular. Mas então ela deu o telefone para meu irmão pequeno, que não disse "*djantou*". Ele disse: "Ibrahima, a mãe não está bem, ela está com alguns problemas de saúde. Não entendo muito bem, mas estou com um pouco de medo, se você puder, tenta voltar para casa". "*Oke*", respondi, e quando desliguei o telefone minha mão congelou um pouco. Comecei a tentar dizer algo para Tanba.

"Tanba, minha mãe não está bem, gostaria da sua permissão para voltar à Guiné." "Ibrahima, você acabou de começar a entender um pouquinho do mundo dos caminhões pesados, e já quer ir embora?" "Não, não é isso", expliquei, "quero ficar aqui, mas preciso ir, minha mãe está muito doente, o Alhassane pediu para eu voltar." Tanba ficou em silêncio, depois disse: "Sei". Mas não entendi o que ele sabia. "Se você quiser, podemos ligar de novo", insisti, "pode falar com minha mãe ou com o Alhassane, para você entender melhor meus motivos." Ele ficou em silêncio de novo, depois disse: "Sei, entendo. Se você tiver que ir, eu vou te ajudar".

Tanba me deu uma grande sacola cheia de roupas. E um pouco de dinheiro. Com o dinheiro no bolso e a sacola nas costas, voltei para Conacri. Em Conacri, peguei o ônibus direto para Kankalabe. De lá até Thiankoi, segui a pé.

II

Quando voltei para casa, encontrei minha mãe muito fraca. "Vou te levar para o hospital", eu disse. "Para o hospital? Mas como?", ela perguntou. "Calma, mãe, já sei." Você sabe como eu a levei? Assim, carregando nas costas, de cavalinho.

Da nossa casa até o hospital são nove *kilo*, quase dez. Fizemos todo o caminho a pé, e cada passo era uma façanha. Quando eu ficava cansado, abaixava, deixava minha mãe no chão e fazia uma pausa. Então, ficava de quatro e dizia "pode subir". Pegava ela nas costas e íamos embora. Meu irmãozinho vinha ao meu lado. Às vezes, ele falava: "Não falta muito". Ele disse "não falta muito" pelo menos sete vezes. Finalmente chegamos.

Ficamos na sala de espera do hospital por três ou quatro horas. Por fim, o médico chegou e disse que os fluidos da minha mãe estavam bloqueados no seu corpo, "pelo menos dois litros de água", especificou. Ele prescreveu alguns medicamentos e ordenou: "Vocês podem ir". Expliquei que nossa casa ficava longe dali. "*Oke*", ele entendeu, "eu vou levar sua mãe de moto, mas vocês vão caminhando." "*Dakor*", respondemos Alhassane e eu.

Fizemos a viagem de volta conversando; conversando e caminhando. E muito mais rápido.

Primeiro dentro do ventre dela, nove meses ou mais. Depois grudado no peito, levado nas costas, quantos anos mais? Ela te banha e te dá de comer até você crescer. Por isso, nós, os fulas da Guiné temos um ditado, que diz assim:

Mesmo que carregue sua mãe nas costas
e caminhe com ela até a Meca,
você não vai conseguir pagar nem um centavo
de tudo que ela fez por você.

12

Se eu pudesse escolher, preferiria não ser o filho mais velho. Talvez o segundo ou o último, mas não o mais velho. Isso mudaria um pouco as coisas. Mas Deus decidiu assim e não posso fazer nada. Cheguei primeiro a nossa casa, e Alhassane foi o segundo.

Quando voltei da Libéria, Alhassane ainda era uma criança, mas já havia começado a entender as coisas. Senti que ele tinha crescido bastante durante minha ausência. Isso acontece muitas vezes quando você é o mais velho da casa, a responsabilidade faz o corpo crescer. Além disso, todos os professores dele diziam: "Esta criança entende as coisas de forma muito rápida".

No dia em que levamos minha mãe ao hospital, ele perguntou: "*Koto*, o que você vai fazer agora?". *Koto* é o irmão mais velho na nossa língua. "Enquanto nossa mãe estiver doente, vou ficar em casa", respondi, "não vou para a Libéria." Alhassane não disse nada, mas ficou contente. Sorriu com os lábios. E com os olhos.

Alhassane costumava sair para a escola de manhã cedo, porque o caminho de casa até lá era longo. Aproximadamente nove *kilo*. E porque seus passos eram curtos. Tinha onze anos. Um dia eu trouxe uma bicicleta velha para ele, e assim ele fazia o caminho mais rápido. Quando voltava para casa, se ele via que eu estava lavando roupa no poço, chegava perto e começava a me ajudar sem eu ter de falar nada.

Alhassane sabia quais eram os limites das possibilidades de nossa casa. E nunca pedia nada. Eu percebia que ele queria alguma coisa, talvez sapatos novos, ou roupas bonitas, porque os amigos dele se vestiam assim. Mas ele nunca pedia nada, sabia que não tínhamos condições. Eu via tudo nos olhos dele e tentava lhe dar o que podia. Em especial, para que ele fosse feliz para a escola. Meu pai me deixou esta tarefa: "Ibrahima, você faça o seu melhor pra que o Alhassane continue estudando".

Hoje em dia eu me lembro muitas vezes dessa frase.

13

Acabei passando dois anos em casa. Muitos dias minha mãe acordava sem forças, e eu precisava ajudá-la a se acomodar em uma rede. Nessa hora eu me tornava uma mãe. Costumava ir ao poço buscar água e trazia madeira. Depois alimentava as vacas e limpava as tigelas das minhas irmãzinhas. As tarefas do lar são assim mesmo. Na maioria das casas, é a mãe quem faz, mas na nossa eu costumava fazê-las.

Entre essas tarefas havia uma que eu adorava. Carrregar minhas irmãzinhas nas costas. Para isso é preciso fazer um nó com um tecido. Aqui não é muito comum, mas na África todo mundo conhece o nó de amarrar as crianças no colo. Parece um pouco complicado, mas, se você fizer duas vezes, na terceira não é difícil fazê-lo. O mais importante é que o tecido seja comprido.

Tenho duas irmãs mais novas, Fatumata Binta e Rouguiatou. Acho que já falei isso para você antes. Rouguiatou é a menor e se escreve assim: Rou-gui-a-tou. Fatumata Binta é um pouco mais velha, três ou quatro anos, e é mais comprido para escrever. Mas quando você fala o nome, você come Fatumata, e somente fala Binta.

Minhas duas irmãzinhas nunca foram à escola, mas a última vez que falei ao telefone com elas, Binta me disse que queria começar a estudar. Respondi: "Claro, agora você está crescendo e tem que ir pra escola e depois aprender uma profissão". "O que posso estudar?", ela perguntou. "Talvez costurar ou bordar, você gosta disso?" Ela respondeu que sim.

Depois passou o telefone para Rouguiatou, que me perguntou se a gente ia voltar a se ver algum dia. Eu respondi "*inshallah*", "é isso mesmo que eu quero", e ela me contou que todos os dias se lembra de mim, que esse pensamento começa na cabeça dela e nunca acaba. "E por que você pensa em mim e não no Alhassane?" "Não sei responder a essa pergunta, *koto*, mas acho que a mamãe e você estão escondendo algumas coisas de mim."

Rouguiatou deve ter agora onze anos, ou doze. Não tenho certeza.

14

Fiquei em Thiankoi até completar dezesseis anos de idade, tomando conta das cabras e das vacas, e lavando as roupas das minhas irmãzinhas. Alhassane também ajudava muito. Às vezes, quando o trabalho dava uma trégua, costumávamos nos sentar em duas cadeiras e conversar. "A vida não é fácil", dizia um. "Não, não é fácil", confirmava o outro. E começávamos a planejar o futuro.

"Alhassane, você deve continuar estudando, você tem os olhos grandes pra aprender muito com eles." Eu queria lhe dizer que ele era esperto, mas não sei se me entendia. Eu tinha começado a perceber que a cabeça dele estava mudando.

Um dia, ele me disse: "*Koto*, também quero começar a te ajudar". "Ajudar como?", perguntei. "Gostaria de aprender uma profissão." "Mas qual profissão?" "Não sei." E ficou calado, pensativo, não sabia o que dizer. "Mecânica de motocicletas, por exemplo", ele falou. "Não, Alhassane, você ainda é pequeno, não tem nem catorze anos, precisa continuar estudando." "*Oke*", ele desistiu.

Ele não ousava me contrariar, mas sua cabeça estava *definitivement* mudando. Não queria continuar na escola e estava pronto para ir a qualquer lugar. "Alhassane, vamos passear", propus a ele. E comecei a explicar minha vida. Como morei em Conacri dos cinco aos treze anos, a mesinha de beira de estrada do meu pai. E então seis meses na Libéria, no caminhão de Tanba. Tudo que eu contei para você até agora.

"Eu já sei de tudo isso", ele me disse.

De repente minha mãe começou a ficar mais forte, e isso mudou minha situação. Então, certa noite, me aproximei dela e disse: "Desculpe, mãe". "Diga", ela respondeu, "o que é?" "Pensei um pouco e vou pra Conacri de novo, quero ver o que está acontecendo por lá." Minha mãe ficou em silêncio, de cabeça baixa. "Sim, mãe, em Conacri espero ganhar um pouco de dinheiro, caso contrário o Alhassane vai deixar a escola." Quando disse isso, minha mãe chorou e me deu um beijo perto da orelha.

Na manhã seguinte, parti para Conacri.

15

Zerecoré é o nome de uma região da Guiné, de Conacri até lá tem por volta de mil e trezentos *kilo*. Fiquei por lá três ou quatro anos, em um caminhão, porque um motorista me aceitou como aprendiz. Uma semana íamos de Conacri para Zerecoré, e na semana seguinte a gente voltava de Zerecoré para Conacri. Aquele homem fez muito por mim, ele me ensinou a profissão.

Eu me lembro de uma noite que estávamos indo em direção a Banankoro, subindo a montanha. O caminhão estava muito carregado e estava sofrendo. Percebi a situação, mas fiquei em silêncio, tentando ajudar um pouco o caminhão. Nisso começamos a ouvir um forte barulho, ka-ka-ka-ka-ka... O patrão me disse para descer e ver de onde vinha aquele barulho. Saltei para fora. "Engate a primeira e vá pra frente devagar", ordenei. Ele fez isso. Mas ka-ka-ka-ka-ka ... rangeu de novo. "O barulho vem de baixo da ponte", eu disse; e ele respondeu: "*Le roulement, le roulement est gâté*".

Encostamos o caminhão e ficamos no meio da estrada esperando alguém passar. Vinte minutos, quarenta minutos, uma hora. A única coisa que passava lá era o tempo. Finalmente, uma motocicleta passou no meio da noite e nós a paramos. O patrão foi até Banankoro procurar um rolamento novo. Eu fiquei na beira da estrada cuidando do caminhão.

Ele voltou dois dias depois.

Agora sei quando o problema está no motor e quando é da ponte. Conheço bem a voz do motor, e também as mudanças de som. Mas se o problema for elétrico, não sei o que fazer. Dirigir, sim, eu sei um pouco, às vezes o patrão me deixava. Três ou quatro *kilo*, quando o caminhão estava vazio e não havia curvas. "Ibrahima, traga o tambor", ele dizia, e eu dava o tambor de dez litros para ele. Ele punha o tambor no banco do motorista e ordenava: "Venha". Eu me sentava em cima do tambor, com as mãos no volante.

Foi assim que aprendi a dirigir.

16

Um dia, quando estávamos em Zerecoré, o patrão me deu o telefone para que ligasse para casa. Fazia um tempinho que eu não sabia o que estava acontecendo em Thiankoi. Liguei e minha mãe atendeu: "Alô?". "Mãe, é o Ibrahima, como você está?" "*Djantou, alhamdoulillah*, e você?" "Eu também, graças a Deus." Depois dessas duas ou três frases costumeiras, perguntei de novo: "Mãe, vocês estão bem?". "Sim, eu estou bem, mas já faz três semanas que não tenho notícias do Alhassane. Ele saiu de casa e eu não sei nada desde então... Você sabe de alguma coisa, Ibrahima?"

Eu não sabia de nada. Fazia três ou quatro anos que eu estava fora de casa, e durante esse tempo todo só tinha falado três vezes com Alhassane. Ele nunca me contou que pretendia ir a algum lugar.

" Me dê um tempo", eu disse à minha mãe, "vou tentar descobrir alguma coisa."

Ao voltar a Conacri, fui até o irmão mais velho do meu pai para saber se Alhassane tinha passado por lá. Ele me disse que não, que não sabia de nada. "*Oke*", respondi. E voltei para a garagem.

O tempo passou, algumas semanas, talvez um mês ou mais sem notícias de Alhassane. Resolvi voltar para a aldeia, onde minha mãe estava.

Comprei dois sacos de arroz em Conacri e fui de ônibus para Kankalabe. De lá para Thiankoi, o arroz nas costas. Encontrei minha mãe atrás da casa, na horta. "Ibrahima", ela disse. "Mãe", respondi, "eu não sabia de nada."

Passei uma semana em casa e na ausência de Alhassane comecei a sentir minha fraqueza. Quando falo fraqueza, quero dizer culpa. Sim, minha culpa. Porque prometi ajudá-lo nos estudos, mas não consegui, eu era um simples aprendiz, não ganhava um tostão. E ele foi embora.

Havia um pé de laranja na frente da casa, meu pai que plantou. Sentei-me ao lado dele e pensei: "Onde estará meu irmãozinho?". Binta e Rouguiatou se aproximavam de mim e eu não dava atenção. Não conseguia. Eu queria ir embora. Para a Libéria, para o Mali, para Serra Leoa, Mauritânia, ir para algum lugar, procurando algum sinal do meu irmãozinho.

Fiz muitas perguntas à minha mãe para saber o que ela pensava, e minha mãe respondeu: "Ibrahima, volte para Conacri, não abandone sua aprendizagem, se chegar alguma novidade eu te aviso". "*Dakor*", eu disse, e voltei para Conacri.

Para aprender a transportar cargas pesadas.

17

Alguns meses se passaram, sem notícias, e uma manhã, um amigo de Conacri veio até a garagem. Era sexta-feira, dia de trocar os filtros do caminhão, o óleo também. "Ibrahima", ele me disse, e virei a cabeça. "Sua mãe me ligou, chegaram notícias do Alhassane." "*Ah bon?*" "Sim, o Alhassane está na Líbia." Fiquei em silêncio. Ele disse novamente: "Está na Líbia".

Respirei fundo, uma respiração que doeu na minha garganta. "Ele é uma criança, não tinha nem catorze anos quando o vi pela última vez, por que foi pra Líbia? E como decidiu ir pra lá sem me avisar? Não foi isso que combinamos." Pensei tudo isso. E muito mais: "Como é que ele chegou à Líbia sem dinheiro?".

Naquela tarde, liguei para minha mãe. "Mãe, quem disse pra você que o Alhassane está na Líbia?" "Ibrahima, eu falei com ele e ele me contou." "E tem certeza de que você entendeu corretamente?" Quando perguntei isso, minha mãe ficou um pouco brava. "Ibrahima, você não acredita no que sua mãe está lhe dizendo?" Respondi que sim, mas não tinha certeza, porque minha mãe nunca viu um mapa da África, e ela não sabe da enorme distância que há até a Líbia. Você pode falar "aqui está a Líbia, ali está a Argélia, e lá tem o Marrocos", e minha mãe vai responder, "*oke*", mas sem saber de verdade.

"Ibrahima, o Alhassane está na Líbia", ela disse de novo. E me deu um número de telefone. "Ligou desse número, ligue você para ele, tente falar com ele."

“*Dakor*”, respondi.

Quando desliguei o telefone, pensei: “Ele está na Líbia”. Na Líbia.

18

Liguei três vezes para o número que minha mãe me deu e ninguém respondeu.

Na quarta, sim, um velho disse: "Alô?". Eu perguntei: "O Alhassane?". Com uma voz velha, respondeu: "Espere aí". Começou a gritar: "Alhassane Balde? Alhassane Balde?". Daí a pouco, meu irmãozinho atendeu.

Quando começamos a conversar, o menino se pôs a chorar. "*Miñan*, o que você foi procurar na Líbia?", perguntei. *Miñan* em pular significa o irmão ou a irmã mais nova. Irmãozinho. Ele respondeu que queria ir para a Europa. "E você pode ir pra Europa sem me explicar nada?" Ele pediu desculpas e respondeu que queria me ajudar, mas não sabia como. "*Miñan*, só Deus pode nos ajudar, mais ninguém." "Eu sei", disse ele. E conversamos longamente.

"Só te peço uma coisa, *koto*, não esqueça da mamãe. Não pense em mais nada, não pense em como fugi de casa, não pense em como deixei a escola. Eu queria encontrar uma maneira de ajudar, porque não há nenhum futuro atrás de nós. Eu olhei e não há." "Eu sei, *Miñan*", respondi. "Eu sei de tudo isso."

Logo, os créditos do telefone começaram a acabar, e perguntei onde ele estava. Respondeu que estava em Sábrata, em um grande campo de refugiados chamado Baba Hassan, esperando uma oportunidade para atravessar o mar. "Tome cuidado, *miñan*", implorei. Ele me respondeu que sim, que tomaria cuidado. Ele prometeu.

***

Três ou quatro dias depois, saí para procurá-lo em um micro--ônibus que ia de Conacri até Siguiri. Eram dez horas da manhã.

Segunda parte

I

Cheguei a Siguiri no dia seguinte à tarde, às quatro da tarde. Permaneci ali até escurecer, pensando "como é que vou continuar?". Eu queria ir até Bamaco, mas não tinha dinheiro, mesmo que minha mãe tivesse vendido três cabras. Perguntei aqui e ali, até que finalmente encontrei um caminhoneiro.

"Aonde você está indo?", perguntei a ele. "Pra Bamaco", respondeu ele, "faço a cada quinze dias a ida e volta de Conacri até Bamaco." "Eu também já andei muito de caminhão", falei, "sei ir sem atrapalhar o motorista." Ele ficou em silêncio, olhando. Meu rosto, meu corpo, meu bolso. "Quanto dinheiro você tem?" "Pouco." "Se você me der trinta e três mil francos, eu te levo." "*Oke.*"

Ele abriu a porta de trás e disse: "Suba". Eu fiz o trajeto escondido no meio do trigo.

Bamaco é uma encruzilhada. Muitos caminhos chegam até lá, e saem de lá de novo. Estradas, pessoas e mercadoria. Ninguém para lá. Na rodoviária, ouvi falar em susu e pensei "alguns guineenses andam por aqui". Perguntei a um deles: "É por aqui que vou pra Gao?". "Não", respondeu, "esta não é a rodoviária que vai pra Gao, este é o terminal da Guiné. O terminal de Gao fica lá." "Não conheço Bamaco", eu disse. "Venha comigo", respondeu.

Caminhamos pelas ruas de Bamaco. Primeiro para a direita, depois para a esquerda, depois não sei para onde. Agora não me lembro mais, mas chegamos.

O terminal de Gao é muito grande. Tinha muita gente por lá. Alguns dormindo nos bancos, outros tomando café. Uns levavam o bebê amarrado nas costas, outros conversavam. Fui até o guichê e perguntei: "Quanto custa a passagem para Gao?". "Bamaco-Gao, nove mil francos", respondeu o vendedor. A moeda do Mali também é o franco, mas se chama CFA e não tem o mesmo valor que na Guiné. Em Mali, nove mil francos equivalem a aproximadamente treze euros. "*Oke*", eu disse ao vendedor, e ele me deu a passagem.

Estava escuro no caminho e o ônibus adormeceu. Quando acordei, já era o deserto.

2

O caminho para Gao é longo. E não é fácil. O calor queima o vidro e o vidro queima a orelha. O ônibus não para. Mesmo quando você dorme, o ônibus continua em frente. Sempre em frente, longe, mais longe do que uma noite inteira.

Duas noites. E três. E Gao.

O ônibus parou perto de uma ponte, onde fizeram a gente descer. De um lado da ponte havia soldados do Mali e os tuaregues do outro lado. Eu podia ver os dois, e os dois estavam armados. Cada um controlava seu lado, como em uma guerra. Mas quando chegamos, acenaram uns aos outros e coordenaram os movimentos.

Sim, eles organizam o tráfico juntos. O tráfico de migrantes.

O ônibus me deixou na entrada da ponte, ao lado dos soldados do Mali, mas não consegui atravessar a pé. "Stop", um soldado me avisou, "fique aí." Do outro lado da ponte, veio me pegar a picape dos tuaregues e me levou. O soldado do Mali viu tudo e não disse nada.

Havia nove pessoas na picape, e no caminho um homem armado começou a nos questionar: "Musa Onze ou Musa Kone?". Musa *Onze* é um senhor da guerra e Musa *Kone* é outro, os dois controlam todo o norte do Mali. Eu sei disso agora, mas naquele momento não sabia de nada, era a primeira vez que ouvia esses nomes. "Não tenho nenhum contato aqui", disse a eles. "Você quer ir pra Argélia?", me perguntaram. "*Oui*", respondi.

Mas eles não me levaram.

A picape parou perto de um grande muro. Abriram uma pequena porta no meio do muro, de baixo para cima, e me empurraram para dentro. "*Allez*, entre aí." O interior era uma pequena área fechada, paredes e uma rede. E entre as paredes pessoas, muitas pessoas, aprisionadas. Não sei quanta gente havia, cento e sessenta, cento e oitenta, não sei. Quando os números são grandes é difícil calcular, mas éramos muitos. Todos como eu.

Os vigias pediam dinheiro, "pague e você irá para a Argélia". E então levantavam o fuzil, "se você não pagar, vamos te matar". Os que faziam isso não eram crianças, eram mais velhos do que eu e sabiam o que estavam fazendo. Mas o faziam de qualquer jeito.

Entreguei as três cabras da minha mãe, setecentos mil francos guineenses, setenta euros. "Você não tem mais?" "Não." Escreveram meu nome em uma lista e alguns dias depois um caminhão veio nos buscar.

3

Noventa e quatro pessoas subiram no caminhão, cem menos seis. Em Kidal, descemos todos e contaram de novo. "Quarenta, sessenta, oitenta mais catorze: noventa e quatro, *c'est oke*." E retomamos o caminho pelo deserto.

Vocês têm o mar aqui, mas nós temos o deserto lá. Se seus olhos nunca viram o deserto, você não pode entender bem o que é isso. O deserto é outro mundo, você entra nele e pensa: "Nunca vou sair daqui".

Lá, todos se parecem. Falam árabe ou tuaregue, ou dizem que são tuaregues, mas falam árabe. Não conheço a diferença entre eles. Eu os considero todos do Boko Haram ou do Estado Islâmico. Mas não sei muito bem.

Eles nos levaram por cinco dias no caminhão, sem comida. Água para beber, apenas um pequeno tambor, só isso. Alguns vomitaram, outros fizeram tudo nas calças. Se você tiver vontade de mijar, tem que fazer nas calças, não tem outra escolha. O caminhão não para.

Achei que íamos para a Argélia, foi o que disseram em Gao. Outros disseram "Itália", e os enfiaram no caminhão para a Itália. A maioria escolheu "Espanha", e subiram no caminhão para a Espanha. Mas é tudo mentira, um truque para pegar nosso dinheiro.

4

Quando você cai nas mãos dos tuaregues, não fica nem na frente nem atrás: fica no meio, no meio do nada. E então você vê uma prisão, no coração do deserto. Uma prisão vigiada por adultos e crianças. Lá, todo mundo tem um kalashnikov. Você pergunta: "Onde é que eu estou?", e você está em Taalanda.

A entrada era uma grande porta. Passei sem abaixar a cabeça e entrei em uma ampla área fortificada. Havia umas casinhas, organizadas como caixas de sapato, taque, taque, taque. Uma ou duas pessoas armadas ao lado de cada caixa. Mas Taalanda não termina aí. Depois dessa grande área havia outra porta, e atrás dessa porta outro espaço. Uma praça redonda de areia. O centro vazio, rodeado por uma parede. Fui levado até lá. Você sabe que lugar é esse? É um mercado, um mercado de pessoas.

Vou explicar como funciona.

Você fica no seu canto, sentado no chão ou deitado. O chão é de areia e uma vez por dia eles passam com uma marmita. Você deve estender o braço e abrir bem a mão. Eles jogam a comida na sua mão, como se você fosse um cachorro. Mas às vezes eles trazem a comida fervendo e queima sua mão. Você deixa a comida cair no chão e não pode comer. Amanhã eles vão passar de novo, no mesmo horário, do mesmo jeito. Mas acho que tem mais uma coisa que quero falar, desculpe, perdi o fio. Do que é que eu estava falando?

Ah, sim, sobre o mercado, sobre o mercado de Taalanda. Vou começar de novo.

Você está no seu canto, deitado no chão, ou sentado. O chão é de areia. Alguém vai falar seu nome, ou vão te chamar sem o nome: "*Toi, viens ici*". Então você vai ter que ir até o centro. Quem quiser te comprar, vai entrar lá e vai começar a te olhar. De cima para baixo. De baixo para cima. E então vai falar: "*Oke*".

Vão chamar outro. O comprador vai olhar para ele de cima para baixo, como fez com você. E quando terminar a volta inteira, ele vai dizer: "Eu quero esse e aquele". O tuaregue proporá um preço e ele vai olhar para você de novo. De cima para baixo e de baixo para cima. E vai dar o dinheiro aos tuaregues.

Mas ninguém me comprou. Vieram me olhar uma vez, duas, três, mas não me levaram. E eu fiquei lá, por três dias, em Taalanda.

5

Existem duas maneiras de sair de Taalanda. Uma é alguém te comprando e te levando embora. Você não sabe aonde, você não sabe para quê. A segunda opção é que sua família envie dinheiro. Mas para isso a família deve ter dinheiro.

Quando me puseram na prisão, revistaram todo o meu corpo. Quando eu digo todo o meu corpo, quero dizer cada buraco do corpo. Também das roupas. Fazem isso para ver se você tem algum dinheiro. E eu não carregava nada, apenas minha carteira de identidade no bolso. Eles a tiraram de mim. Desde então vivo sem papéis, e quando você vive sem papéis, não vale mais que uma cabra. Mas os tuaregues pediam que eu ligasse para minha família e pedisse dinheiro, "senão vamos matar você".

Não liguei para ninguém. E lá fiquei eu, prisioneiro. Comida de cachorro ao meio-dia. E os olhos. De cima para baixo e de baixo para cima. Depois, "*Oke*".

Mas há outra forma de sair de Taalanda, uma última chance. *La fugue*. Escapar. Eu fiz desse jeito, agora vou te contar como. Mas espere um minuto, preciso beber um pouco d'água.

Vamos lá. Agora sim, *la fugue*.

Eu me tornei amigo de outro prisioneiro em Taalanda. Ele era guineense, susu, sei mais de mil palavras em susu. Os tuaregues, não. No terceiro dia, cheguei perto dele e falei: "*Boore*, esta noite nós vamos fugir". A palavra *boore* significa amigo na língua susu. "Sim" ele respondeu, "também quero fugir, mas como? Esse muro é maior que nós." Ele desistiu assim que começou. "É maior mas está um pouco velho", insisti, "tem buracos, talvez nós possamos escalar o muro." "*Oke*, vamos ver", ele respondeu. E ficamos à espera da noite.

À noite, no escuro, fizemos o planejado.

Todo mundo estava dormindo. Prisioneiros. Guardas. Muros. Saímos da cela e chegamos em frente ao muro. Tinha buracos, pelo menos vinte buracos. "Venha atrás de mim", eu disse ao meu amigo, e comecei a subir, com muito cuidado. Primeiro, escolher um buraco. Segundo, pegar com a mão. Terceiro, atrás da mão o corpo inteiro. E assim, buraco a buraco, cheguei até o topo do muro, como uma pequena formiga.

De cima, pulei para o outro lado.

Mas do outro lado também era Taalanda. Saímos para uma ampla área que cercava o pátio circular, estávamos entre as casinhas. Faltava outra parede para fugir. Um grande muro de seis ou sete metros, no mínimo.

Procurei por algum caminho de subida, alguns buracos. À direita, à esquerda. Nada. Mas por fim achei um pedaço comprido de madeira e, como se fosse uma escada, comecei a subir a parede. Braços, barriga, pés, sem fazer barulho. Quando as mãos chegaram à borda superior da parede, puxei meu corpo com força, arrastando a pele, esmagando um pouco meu coração. E pulei para o outro lado. Seis ou sete metros, pelo menos.

Do lado de fora era tudo areia, e a areia sabe ficar quieta.

Meu amigo também conseguiu escalar o muro, mas quando estava no topo ele se inclinou demais e caiu. Ficou deitado na areia, sem conseguir se levantar, gritando *aaaaaahhhhhh*. Acho que ele quebrou um osso, mas não tenho certeza, não sei. Eu não o ajudei. Saí correndo, fugindo, não sei para onde, mas fugindo.

Podia ouvir os gritos atrás de mim, e continuava indo embora, correndo.

Quando me afastei um pouco, deitei e olhei para trás. Vi uma lanterna falando em árabe e batendo. Estavam quebrando o susu. Bateram nele muitas vezes, e o levaram, arrastado. Mesmo lá dentro, os gritos continuaram. No deserto, os gritos se escutam muito fortes. Se for de noite, mais ainda. Decidi esperar até que tudo se acalmasse.

Quando os gritos cessaram, me levantei e continuei em frente. Não sei para onde, mas em frente. Longe. Na areia. Descalço.

6

Eu ia sozinho, caminhando no meio da noite. Quando você anda no deserto, seus pés afundam na areia e é difícil caminhar. O corpo pega outro peso. Mesmo assim, caminhei até as quatro da madrugada, na grande escuridão.

Quando cansei, parei e olhei ao redor. A escuridão começava a ir embora. Isso me assustou muito, pois eu não conhecia aquele lugar. Era o deserto, o puro deserto, o território das cobras, o lugar onde as pessoas morrem. Mas eu não sabia disso na época. Assim, deitei e adormeci. Seis horas. Mais ou menos até as dez horas.

Acordei e fiquei olhando para a frente, sem saber onde era a frente. Olhei para a frente em todas as direções. E não vi nada. Apenas deserto. Deserto aqui. Deserto lá. Deserto por todos os lados. Mais nada.

E continuei, caminhando, por mais cinco horas, até que tive vontade de beber água. Em pular, o nome dessa chamada do corpo é *donka*. Também aprendi em francês, mas agora não me lembro. Eu tinha muita *donka*, mas não era fácil, porque não havia água. "Para onde eu vou agora?", pensei, e ouvi alguma coisa. O som de um motor.

Esse som estava a duas horas de distância, mas eu podia ouvir como estava se aproximando. Em menos de uma hora se aproximou mais, depois um pouco mais. "Agora posso ouvi-lo bem, sim, é uma moto. Uma moto. Sozinha."

Vinha em minha direção e eu estava apavorado. "Se alguém me vê aqui, vai me pegar de novo e vai me levar pra Taalanda", pensei. Mas levantei a mão sinalizando para ele parar. O que eu podia fazer? Eu não sabia onde estava e a sede devorava meu corpo.

Ele parou à minha frente e antes de começar a falar botou o kalashnikov nas costas. "Aonde você vai?", perguntou em francês. "Vou pra Argélia, pra Timiauin", respondi. "Daqui até Timiauin você não encontrará nada além do deserto; se você for desse jeito, vai morrer." "*Ah bon?*" "Sim." Ele fez um gesto para eu subir na moto, disse que me levaria por um trecho. Mas eu tinha medo de voltar para Taalanda: "Não, *merci*, acho que vou a pé", respondi. Ele me disse novamente: "Suba na moto, vou mostrar onde fica a estrada para Timiauin". Eu não confiava, aos meus olhos todos os habitantes do deserto são iguais, mas falei "*oke*" e subi na moto.

Pouco depois, ele desligou o motor e falou para eu descer. "Vá até lá, vá e você vai ver", disse. Eu não sabia o que ele estava dizendo, ou o que ele queria, mas fui até o local que ele indicava, morrendo de medo. Eu vi água. Sim, água. Um pequeno cantil feito de pele de cabra. Não sei quantos goles eu dei, dez ou vinte, mas comecei a sentir meu corpo de novo. Pernas, barriga, braços, olhos, tudo. Isso é a água, água e o corpo.

Subi de novo na moto e ele me levou até um cruzamento. Lá, desceu da moto e arregaçou as mangas. "Olhe, este caminho leva a Taalanda, e esse aí vai para Timiauin. Se você for por aí, a cada duas horas vai ver uma pequena roda. Essa roda indica que você está indo na direção certa". "*Oke*" eu disse, "*merci*."

Ele me deu um pacote de biscoitos e um pequeno *zipa* cheio de água. "Continue sempre nesse caminho, daqui a Timiauin são cinquenta e cinco quilômetros." "*Oke*." "Cinquenta e cinco quilômetros neste deserto são muitos quilômetros, tem certeza de que vai caminhar?" Ele ficou esperando por uma resposta. "Não tenho outra opção", eu disse. "Se você me der algum dinheiro, eu te levo." "Não tenho dinheiro." "Nada?" "Não." "*Oke*, então vá indo, mas ande um pouco afastado, muitas vezes tem controles e vai ser melhor para você andar escondido."

Ele subiu na moto e pegou o caminho para Taalanda.

7

Caminhei por dezenove horas, até as seis da manhã. Montanhas de areia, vales de areia, tudo de areia. Lá, suas pegadas somem na hora e ninguém pode dizer: "Sim, alguém passou por aqui".

"Vou continuar mais um pouco", decidi, e caminhei o dia todo. Também tirei as calças e as amarrei na cabeça, para que o sol não me castigasse. Desse jeito foram seis horas, ou sete, não sei. Por fim, me cansei: "Vou deixá-las aqui", pensei, e deixei as calças lá, jogadas, eram pesadas. E continuei em frente. De cueca e sem sapatos, sobre a areia queimada. Dando passos cada vez menores.

Às sete da noite, fiquei sem água e calculei: "Este homem morrerá em breve". Quando eu falo "este homem", este homem sou eu. O deserto e eu. E o deserto não tem fim.

Mas às vezes acontece algo. "Sim, tem alguma coisa aí." No começo pensei que eram carros, dois carros, um aqui e outro lá. "É a polícia", fiquei com medo, mas não tinha outra escolha, e continuei em frente, na mesma direção. Finalmente, percebi que não eram carros. Eram dois *kifs*, dois *kifs*, ali.

Os *kifs* são enormes tambores de plástico e às vezes há água dentro deles. Em outras, gasolina. Os tuaregues os deixam lá porque sabem que as pessoas vão passar caminhando e que não é fácil caminhar no deserto. Faz muito calor e uma sede sufocante. Os tuaregues sabem disso, e é por essa razão que o fazem.

Dois *kifs*, então. "Vou me aproximar", decidi, e fui caminhando. *Voilà.* Os dois *kifs* estavam cheios, mas eu não sabia o que havia dentro deles, gasolina ou água. Comecei a procurar as tampas e percebi que havia duas borrachas compridas, como aquelas que você enche de ar, tipo as das bicicletas. Desamarrei os nós e começou a sair água, bem forte, perfurando o *kif*. Água, caindo aos borbotões em cima de mim. Sim, água.

Abri a boca e bebi. Bebi muito. Em seguida, peguei uma borracha comprida e tentei colocar água dentro. Mas a borracha estava furada em quatro lugares. Então tirei a camiseta e a amarrei na borracha para que a água não visse os furos. Assim consegui pegar um pouco de água para o caminho. "Agora posso ir embora", pensei. E parti.

Quando você anda no deserto, às vezes venta muito forte. Você não consegue nem caminhar. Precisa parar e se proteger para que a areia não te machuque. Tem que ficar lá por uma hora. Ou por duas horas. Se o vento se cansa, você pode continuar seu caminho.

Caminhei por três dias. Setenta e duas horas. Apenas bebendo água. Sempre fugindo do caminho. Às vezes, eu ficava com medo. "Tem alguma coisa aí", pensava e ficava deitado. Então observava, "não tem nada aí", e retomava o caminho até ficar cansado. Fechava os olhos, até abri-los de novo. E retomava o caminho, até ficar cansado. Finalmente vi umas luzes. "Isso é Timiauin", pensei. E assim era.

Timiauin, Argélia.

8

Cheguei a Timiauin às seis da manhã. Vi uma grande mesquita. Pensei: "Vou orar", e entrei.

Fazer as orações é importante para mim, mas não faço isso para que alguém possa dizer: "Ibrahima faz as orações, ele é um bom muçulmano". Não, isso acontece entre mim e Deus, é uma questão nossa.

No fim da oração, um velho veio até mim e disse: "*Salam alaikum*". "*Alaikum salam*", respondi. Ele percebeu que eu não estava me sentindo bem e me ofereceu pão. Um pouco de pão e suco. "*Xukran*", eu disse, e engoli tudo. Depois me deitei em um banco e dormi profundamente. Madeira, corpo, tempo. Sete horas. Ninguém me incomodou.

Quando acordei, minhas pernas eram patas de elefante.

Não havia como caminhar com aquelas pernas, mas saí da mesquita e desci até a cidade, não sei como. Eu estava sentado na porta de uma pequena pousada quando passou um menino. "Você é da Guiné", ele me disse. Eu respondi "sim". "Suas pernas estão muito inchadas", continuou ele, e eu respondi "sim". Ele entrou na pousada e voltou com um pano e água quente. Começou a me massagear. Para baixo e para cima, para baixo e para cima, em ambas as pernas. Sem dizer nada.

Quando terminou, ele me fez uma pergunta: "*Ko honno wi'ete-dhaa?*". Isso significa "qual é seu nome?" na nossa língua. "Ibrahima, e o seu?" "Ismail."

9

O pequeno Ismail não é como os outros. Algumas pessoas são diferentes, e Ismail é uma delas. Quando o conheci, ele tinha catorze anos e era pequeno, por isso digo pequeno Ismail. Agora não sei quantos anos ele deve ter. Dezesseis, talvez dezessete, não sei. Meu pai costumava dizer que o tempo não passa igual para todos, e é verdade.

Ismail e eu ficamos juntos por seis meses. Desde Timiauin até Ghardaia. Lá nos separamos, e não o vi desde então. Mas ainda assim, de vez em quando, minhas pernas ficam inchadas e eu me lembro do pequeno Ismail.

Primeiro, porque ele me fez massagem. Para cima e para baixo, em ambas as pernas, durante três dias. Segundo, porque calcei os sapatos de novo e comecei a caminhar. Lentamente, primeiro uma perna e depois a outra, sem me machucar. E terceiro, porque me mostrou onde encontrar trabalho. O pequeno Ismail fez tudo por mim.

"O trabalho em Timiauin fica na beira da estrada", ele me disse, "temos que ir até lá e ficar quietos, esperando o trabalho." "*Oke*." "O trabalho virá logo, você vai ver." Esperamos um pouco, um minuto, dois minutos, e apareceu um velho, um velho em uma caminhonete mais velha ainda. Ele nos levou até um lugar onde havia um monte de areia. "Vocês têm que carregar o carrinho aqui", ordenou. "Carreguem e depois tragam para mim."

Ele pagava duzentos dinares por cada viagem. Duzentos dinares equivalem a aproximadamente duas horas, às vezes um pouco mais. Costumávamos fazer isso quatro vezes por dia, então cada dia valia oitocentos dinares, uns seis euros.

Trabalhamos assim em Timiauin durante três semanas, encher o carrinho de areia e esvaziá-lo. Na quarta semana, fomos para Bordj.

10

Para quem vem do Mali, Bordj é a segunda cidade da Argélia. Alguns dizem Bordj Mokhtar, mas eu gosto de dizer as coisas de forma curta. De Timiauin a Bordj tem cento e cinquenta e cinco *kilo*. Quando eu digo "*kilo*", as pessoas me corrigem, "quilômetro". Isso acontece aqui mas não é assim na África, lá gostamos de dizer as coisas de forma curta. Se você disser quilômetro, o caminho é mais longo.

Bordj, cento e cinquenta e cinco *kilo*. Mas de Timiauin a Bordj não é como de Taalanda a Timiauin. A areia é a mesma e o vento também, mas a estrada é pavimentada e, portanto, mais fácil, você anda mais rápido. Bordj, cento e vinte *kilo*. Éramos três: o pequeno Ismail, eu e um cara do Mali. Às vezes víamos outra pessoa, na areia, um cadáver, em uma posição estranha. Com a sede marcada no rosto, muita sede. O deserto é assim. Bordj, noventa *kilo*. O maliano não aguentou mais e ficou na beira da estrada. Nós seguimos em frente, o que poderíamos ter feito? Bordj, sessenta *kilo*. O pequeno Ismail viu uma cobra bem comprida atravessando a estrada. Esperamos, meio escondidos, até que a cobra sumisse.

No nosso povo, se você fizer alguma coisa a uma cobra, você chama o azar, então quando você está em um caminho a cobra tem prioridade. Bordj, quarenta *kilo*. De noite a gente dormia, deitávamos na areia e dormíamos. Dormir é importante, para recuperar as forças e esquecer um pouco. Quando você esquece, seu corpo fica mais leve e você caminha com mais facilidade. Bordj, vinte e cinco *kilo*. Passamos quatro dias na estrada e, no quinto, chegamos a Bordj.

Trabalhamos em Bordj durante dois meses, misturando cimento. A gente até dormia perto do cimento, e acordávamos transpirando. O trabalho começava às seis da manhã e nunca terminava. Quando algumas casas cresciam até o telhado nasciam outras, e havia mais cimento para misturar.

Por fim, comecei a pensar, e calculei: "Aqui as casas são muito grandes e nós somos pequenos". Quando digo que nós somos pequenos, quero dizer que ganhamos pouco dinheiro. Assim, me aproximei do pequeno Ismail e perguntei: "Por que não vamos para outra cidade?". "*Oke*", ele me respondeu.

Fomos para Reggane, escondidos na traseira de uma picape. Pagamos dezessete mil dinares pela viagem, no espaço de duas cabras enfiaram dezesseis pessoas. "*Koto*, da próxima vez pegamos o ônibus", me disse Ismail, e de Reggane até Adrar nós fomos de ônibus.

II

Adrar é outro mundo, lá não tem ninguém com o aspecto da gente.

Uma mulher passou. Ela estava usando um lenço comprido, o *niqab*. Perguntamos onde ficava a rodoviária para Ghardaia, mas ela não respondeu. Ela continuou, e nós ficamos lá. Um homem passou. Ele tinha uma longa barba, eu podia ver seus pés. Perguntamos onde ficava o ponto de ônibus para Ghardaia. "Logo ali", ele respondeu, "não é longe." No caminho, vimos *niqabs* e barbas. E os olhares deles diziam: "Este não é o seu lugar".

Ao chegar à rodoviária, fomos até a bilheteria e ficamos na fila. Chegou nossa vez. "*Salam alaikum*", eu disse para a mulher atrás do vidro, e ela respondeu: "Passagem para Ghardaia, mil e cem dinares". Procurei pelo dinheiro e achei mil e quinhentos dinares. O pequeno Ismael também procurou por todo lado, revistou todo o corpo, mas ele não tinha nada, zero dinares. "Vá você, Ibrahima", ele me disse, "vou ficar aqui." Eu olhei para a direita, para a esquerda, duas vezes para cada lado, e pensei: "Não posso deixar a criança aqui".

Saímos da bilheteria e um motorista de táxi se aproximou de nós. Prestou atenção na nossa aparência e perguntou se estávamos com fome. Respondemos que sim.

Ele pôs a mão sob as calças e tirou uma nota de quinhentos dinares, mas antes de oferecer o dinheiro, fez uma pergunta. "Vocês são muçulmanos?" "Sim, claro." Ele ficou em silêncio, nos olhando por um longo tempo. E nos deu a nota.

"Agora temos dois mil dinares", disse a Ismail. "Faltam duzentos dinares para comprar duas passagens para Ghardaia." E ficamos sentados na calçada, olhando para os ônibus, planejando nosso futuro.

Eventualmente, chegaram alguns como nós. De Mali. Da Costa do Marfim. De Camarões. Disseram que queriam ir para a capital, Argel, e nós contamos nosso caso. Imediatamente começaram a juntar dinheiro. Cinco dinares, dez, vinte, o que cada um deles podia, até juntar duzentos. "Agora temos dois mil e duzentos dinares", disse Ismail, "agora podemos ir para Ghardaia."

E partimos para Ghardaia.

12

Passei três meses em Ghardaia. Eu três e o pequeno Ismail, dois, cinco somando os dois. Cinco meses misturando cimento. O patrão queria que continuássemos a trabalhar para ele, mas o pequeno Ismail tinha outra ideia. "*Koto*, já ganhamos bastante dinheiro aqui, vamos subir pra capital", me disse. "Não, Ismail", respondi. "Tenho que ir pra Líbia." "Pra Líbia?", ele ficou surpreso. "Pra quê?" Nunca tínhamos conversado sobre isso.

Contei a ele a história do meu irmão mais novo. Como saiu de casa e como fui atrás dele. "Eu sei que ele está em Sábrata, porque nos falamos por telefone quando eu estava em Conacri, mas desde então não consegui falar com ele. Tentei de Timiauin, mas *impossible*. De Bordj também, *impossible*." E o tempo passava, cerca de cinco ou seis meses, sem saber do meu irmãozinho.

"É por isso, Ismail", insisti, "tenho que procurar o Alhassane. Porque ele ainda é uma criança e desde que meu pai morreu essa criança é de minha responsabilidade. Se eu o achar e falar olhando nos olhos dele, sei que ele vai me ouvir, e vai voltar para casa." "*Oke*", concordou. "E o que você vai fazer depois de levar o irmão mais novo pra casa?" "Vou morar lá, Ismail. Não quero ir pra Europa, meu destino é a Guiné." Ele ficou calado, olhando para o chão, como se estivesse confuso.

O pequeno Ismael. Eu sempre enxergava meu irmão na cara dele, mas nunca lhe contei.

Ele levantou os olhos do chão e me deu um pequeno abraço. "Boa sorte na Líbia, *koto*, que Deus o acompanhe." "Adeus, *miñan*, boa sorte pra você também. E muito obrigado pela água quente e pelas massagens. *Jaarama buy*, Ismail."

Foi assim que me despedi e o vi desaparecer a caminho da rodoviária.

13

A Líbia é outro mundo. Foi feito para sofrer.

Fui avisado muitas vezes em Ghardaia: "*Habibi*, não vá pra Líbia". Mas eu respondia: "Não tenho outra escolha. Tenho que ir pra Sábrata". Então me explicaram o caminho. "Primeiro você precisa ir até Deb Deb, em um ônibus, e depois continuar a pé. Mas tenha cuidado."

Ghardaia-Deb Deb, mil e trezentos dinares, sete horas.

Deb Deb é a última cidade da Argélia, depois vem a fronteira, depois a Líbia. A fronteira é uma zona internacional. Quando você está lá, não está nem na Argélia nem na Líbia, é uma área policial. E a polícia não entra em pânico, ela sabe o que é torturar uma pessoa. E se essa pessoa for como eu, ela não vai bater nas pernas, ou nas mãos, vai bater entre as pernas ou na cabeça. Sabe que a dor fica guardada aí.

Vi oito pessoas na rodoviária de Deb Deb. Me disseram que iam tentar atravessar a fronteira naquela noite e que se eu quisesse poderia ir com eles, mas eu disse: "Vão vocês, eu fico aqui". Sabia o que aconteceria se eles errassem.

Passei a noite na rodoviária, sentado em um banco esperando pela manhã. *Voilà*. Luz penetrante, uma queimadura nos olhos. Sem sinal das oito pessoas. Nem à tarde. "Venceram", pensei, "chegaram à Líbia, deveria ter ido com eles." Mas eu tinha dito não e estava ali, na rodoviária de Deb Deb, sentado em um banco, esperando a noite.

Mais dois guineenses chegaram à tarde. Eles também planejavam ir para a Líbia, e perguntei se poderia me juntar a eles. Eles responderam que sim, "se você pagar, iremos ajudá-lo". Fiquei muito surpreso com essas palavras. "Desculpe, ajudar com o quê? Vamos pegar uma picape? Se eu vou caminhar com meus pés, não tenho que pagar nada." "*Oke*", eles concordaram, "você está certo", e ficamos por lá esperando escurecer.

Enquanto estávamos ali, percebi que eles falavam muito. Finalmente meus ouvidos ficaram cansados e pensei: "Esta companhia não é boa". Você aprende isso aos poucos, a conhecer uma pessoa no traço das suas próprias palavras.

Às dez da noite, me disseram: "*Gorebe*, agora está escuro, vamos". Mas eu disse: "Não, eu não vou. Fiquei com medo". "*Ah bon?*" "Sim, vão vocês." "*Oke.*" E eles foram. Esperei um pouco até que eles se afastaram, e os segui à distância.

Caminhei por três ou quatro horas, na areia, com os dois guineenses sempre à vista.

Às quatro da manhã, percebi que estávamos na Líbia. Cheguei a uma pequena cidade e comecei a ver coisas que não via na Argélia. *Allahu Akbar*. Um velho entrou em uma mesquita para a primeira oração. Ele carregava um rifle comprido. *Allahu Akbar*.

"Isso é a Líbia", pensei.

14

Allahu Akbar, estavam chamando do minarete para a oração. Um árabe se aproximou de mim e me perguntou o que eu estava fazendo na frente da mesquita. "Acabei de sair da oração e gostaria de trabalhar." Eu estava com as calças sujas, como os trabalhadores. "*Oke*", acreditou em mim, e especificou: "Não tem trabalho aqui, você tem que ir pra Trípoli ou pra Sirte, lá tem muito trabalho". "E como posso ir pra lá?" "*Sir, yallah.*" Que em árabe significa "vamos", que eu fosse atrás dele.

Atravessamos algumas ruas e ele me levou para uma garagem grande e espaçosa. Estava cheia de picapes. "Eu gostaria de ir pra Sábrata", falei, e ele disse: "Você tem que deixar o dinheiro aqui, cento e cinquenta dinares líbios".

O dinar também é usado na Líbia, como na Argélia. Ambos têm o mesmo nome, mas não têm o mesmo valor. De forma geral, a economia é uma coisa difícil de entender. Um dinar líbio tem a força de um euro, portanto cento e cinquenta dinares líbios são cento e cinquenta euros. Foi isso que me disseram.

"Cento e cinquenta?", perguntei. "*Exact*", respondeu. "Isso é muito", pensei e pedi para ele esperar. "Tudo bem, dê uma volta nas ruas, eu estarei aqui."

Andei pelas ruas de Gadamés, procurando outra solução, mas foi inútil. Não consegui encontrar nenhum transporte para Sábrata. Voltei para a garagem anterior e fui até o árabe.

Estava limpando uma picape, uma Nissan. “Cento e cinquenta dinares”, falou de novo sem se virar. Eu lhe dei o dinheiro e ele escreveu meu nome em uma lista.

15

Quando a picape ficou pronta, fomos alinhados como mercadoria e jogaram uma lona pesada sobre nós. A lona tinha o mesmo cheiro de sempre, cheiro de carne assada. Não podíamos ver nada lá fora e fiquei um pouco bravo. As palavras vieram até mim, não sei de onde. "Não quero viajar sem ver para onde vou." O motorista pegou o kalashnikov e com a ponta da arma abriu minha cabeça, ainda tenho a cicatriz aqui, dá para ver? Aí ele começou a gritar: "Se você acha que não está indo pra Sábrata, por que subiu nesta picape?". "*Oke*", eu me inclinei, "desculpe." E todo mundo ficou em silêncio. Lá você depende deles, não pode dizer nada.

Não sei quantas horas passamos na estrada, não dá para ver a luz embaixo da lona, e sem luz não é possível calcular o tempo certo. Lá é sempre noite, noite e carne assada. A única referência do tempo era meu ferimento na cabeça. O sangue começou a secar.

A certa altura, a picape parou, no escuro, no meio do deserto. Descemos da picape, a doze ou treze *kilo* de Sábrata. "De agora em diante, vocês vão seguir a pé", disseram, "mas *yallah yallah*, vão rápido, devem chegar antes que o sol apareça." Lá a lei é assim, se a polícia te pegar, vai te mandar de volta a Deb Deb ou para a prisão.

"*Habibi*, rápido, *yallah yallah*", o motorista indicava o caminho com o fuzil, "quatro, cinco, seis", ele mostrava o relógio, "rápido, *yallah*, para lá." Partimos depressa. Estava incrivelmente quente, e tínhamos sede, mas não havia água, e não havia tempo. Eram quatro da manhã e *yallah yallah*.

Chegamos em seis pessoas a Sábrata, as seis que iam na frente. Os outros ficaram para trás, no meio do deserto. Com a polícia ou com sede. Não sei.

16

Quando cheguei a Sábrata, um cara com minha aparência veio até mim. Ele me disse que se eu quisesse um *programa* para a Europa fosse atrás dele, "conheço o local onde os vendem". "Baba Hassan?", perguntei, e ele assentiu com a cabeça: "É pra lá mesmo que a gente vai".

Baba Hassan é um campo grande, muito amplo. Lá você pode deitar onde quiser, o chão é de areia. Você olha para cima e não tem telhado, tudo é céu. Vira seus olhos para a esquerda e tudo é imigração. À direita, a mesma coisa. Lá éramos mais de seiscentas pessoas, muitos guineenses.

Antes de dormir, perguntaram meu nome. "Balde, Ibrahima." E a idade. "Dezessete." Quem estava anotando era um homem barbudo, e ele hesitou. Perguntou de novo: "Em que ano você nasceu?". "*Le 4, 8, 1999*", especifiquei, "*à Conakry.*" "*Oke*", ele respondeu, e foi isso que escreveu. Desde aquele dia, tenho cinco anos a menos que minha idade verdadeira.

Me ensinaram esse truque na Argélia. "Na Líbia, é importante dizer que você tem menos de dezoito anos. Dessa forma, eles não vão te mandar pra cadeia e, se você não for pra cadeia, permanecerá vivo." Assim, nasci de novo na frente daquele homem barbudo, mas em 1999. Não mudei o dia, *le quatre du huit*, o 4 de agosto.

Depois ele pegou alguns outros dados meus, mas eu estava com sono e agora não me lembro bem. Tudo o que me lembro é do que ele me disse. "De agora em diante você é do Baba Hassan, e você não pode procurar outra empresa pra um *programa* pra Europa. O Baba Hassan decidirá seu preço, e quando você pagá-lo ele vai dizer quando você partirá." "*Oke*", respondi. Não expliquei por que eu tinha ido para a Líbia, senão ele ia me mandar embora, ou pegar um pau e quebrar algum osso meu.

Este é o costume de Sábrata, cada área tem seu *stock* de migrantes e organiza seu próprio tráfico. E se você entrar em um campo, você fica preso, não pode embarcar com outra empresa.

Uns dias atrás, alguém daqui me disse que os europeus dão muito dinheiro à Líbia para bloquear os migrantes lá, e que é por isso que a Líbia tem prisões cheias de gente que nem eu. Não sei se isso é verdade, não entendo bem a política, mas sei o que é a Líbia.

A Líbia é uma grande prisão e é difícil sair vivo de lá.

17

Eram seis da manhã, e assim que deitei, caí no sono. Duas ou três horas, não muito mais. Acordei assustado. "Alhassane? *Miñan?*" Tinha de encontrar a pista dele. "Alhassane? *Miñan?*" Procurei todo o *trankilo*, pessoa a pessoa. Mas: "Não, o Alhassane não está aqui". Desisti e fui para a rua.

Taf-taf. As ruas de Sábrata não são como as de Conacri. Ninguém anda na rua em Sábrata. Algumas casas em ruínas. De quando em quando uma picape, a toda a velocidade. Alguns disparos. Taf-taf. Pronto. O silêncio. A Líbia é assim, não é lugar para as pessoas viverem.

Eu carregava uma pequena foto, e a mostrava a quem podia. "*Miñan*, sim, meu irmãozinho, Alhassane, você viu ele?" Alguns pegavam a foto nas mãos, olhavam bem e falavam alguma coisa: "Não, não vi". Ou "sim". "Sim?" "Sim, eu o conheço, mas já faz muito tempo que não o vejo, ele não está aqui agora." Outros nem paravam, não tinham tempo.

Uma criança me contou que Baba Hassan tinha mais de uma área. "O Baba Hassan é uma pessoa só, mas tem muitas casas na Líbia. Duas em Sábrata, duas Baba Hassan, mais duas em Zauia e mais em Trípoli." "*Ah bon?*" "Sim, o Baba Hassan é rico, ele ganha muito dinheiro com os migrantes. E com o dinheiro que ganha ele compra casas novas..."

Ah bon?

18

Passei dois dias em Sábrata. E dois dias por lá é muito tempo, mais tempo do que sem água no deserto. Porque você não vai para a frente. Você caminha. Você para. Você olha. Você passa para a próxima rua. Correndo. Você se esconde. Você olha. Não vê nenhum movimento. Você sai. Vai. Stop. Outra esquina. Afia seu olhar. Você não vê ninguém. Todos os árabes se escondem. Mas você sabe que eles estão lá. Você escuta o barulho de disparos. E não sabe de onde vêm.

Então chega a noite. Escurece, mas não se faz silêncio. De vez em quando dá para ouvir um disparo e você sente arrepios. Um longo arrepio. Você está na rua. Você vai a algum lugar. Stop. Olha a cidade. A cidade está parada. Outro tiro. Você se move. Você para. Você está ali. Olhando para a cidade. Vigiando. Procurando por quem está vigiando você. Sem achar o que está procurando. Até você adormecer. Em qualquer lugar.

Mais dois tiros. Taf-taf. Você acorda. Se mexe. Você não sabe para onde. "Voltarei para o *trankilo*." Você olha para a cidade. Tudo está parado. "Por que eu vim parar aqui?" E você chama Alhassane. Baixo. Duas vezes. Um tiro. Taf. Fique quieto. "Sim, desculpe." Você entra em pânico. Sua própria voz te assusta. Seus passos te assustam. "Alhassane, Alhassane, Alhassane. Onde você está?" Você tem que se mexer. Você vai. Você não sabe aonde. Você cai. Você fica deitado.

"Começou a quebrar a escuridão." Você abre um olho. Você está vivo.

Sábrata é um quebra-cabeça. Essa peça é para isso, essa peça para aquilo, mas você não consegue passar de uma para outra, há um controle. Eles garantem o controle, os armados. Muitas vezes são crianças, moleques, com granadas nas mãos, e kalashnikovs nas costas. Um dia, um deles me parou e disse: "Todos vocês, africanos, vamos meter no seu cu. E, taf-taf-taf, vamos matar todos vocês".

19

Não havia sinal de Alhassane em Sábrata, então decidi: "Vou para Zauia". Zauia fica perto de Sábrata, uma noite a pé. Não sei quanto é durante o dia, porque você não pode andar de dia. A polícia vai te pegar e te enfiar na prisão, ou te quebrar um osso, porque você é como você é.

Esperei pela noite. "Zauia", pensei, e o sol se escondeu.

Eu caminhei na beira da estrada. Fazia três coisas: olhar, movimentar, parar. Olhar, andar, parar. Fiz isso muitas vezes.

Eram cinco da manhã, não havia ninguém por perto, tudo tranquilo. Eram seis da manhã e eu estava ficando cansado. Na beira da estrada, vi uma mesquita e ao lado dela uma árvore. Não me pergunte que lugar era. A noite e uma árvore, não sei mais nada. "Vou me esconder aí", pensei. Curvei-me sob a árvore e comecei a vigiar os arredores. "Não tem ninguém, vou fechar os olhos." Três segundos. "Vou abrir os olhos." Ninguém. Fechei os olhos de novo e dormi. Até as nove da manhã.

Quando acordei, a árvore ainda estava lá, ao lado da mesquita. Não se mexeu, e fiquei assustado. Na Líbia, ver algo parado por muito tempo não é um bom sinal. "Tenho que ir embora", pensei, "sim, já estou aqui há muito tempo."

Dez ou onze da manhã, estava caminhando no sol. Estava quente, queimando. De tempos em tempos passava uma picape e eu me agachava. "Foi, *Allahu Akbar*." Caminhava de novo. De repente, ouvi alguns passos atrás de mim. Sim, alguns passos. Eu me virei e vi um homem velho, estava vindo em minha direção. Acelerei o passo. Mais rápido. Não adiantou. Duas mãos nas minhas costas. Duas mãos e mais alguma coisa. "Ele me pegou."

Começou a falar em árabe: "*Barka lafi*". Eu não domino o árabe, mas se você me cumprimentar, vou responder. "Sinto muito, não te entendo", eu disse, e ele me perguntou alguma coisa: "*Barka lafok?*". Eu respondi "*no*". E ele "*no?*". E eu "*no*". Então, ele ergueu a *guba* e me mostrou o kalashnikov. Sim, assim mesmo. A *guba* é um colete longo, usado pelos homens. Você já sabe o que é o kalashnikov.

Ele me fez subir em um *quatre-quatre*, não sei se era um Golf ou um Ford, não me lembro agora, mas era um carro grande. Levava os fuzis na frente, e eu me sentei atrás. Ele falava árabe e eu não entendia nada.

20

Uma pessoa vinte e quatro horas atrás de mim, e eu de ponta-cabeça, próximo a uma parede. Ele falava para eu ligar para a minha vila e pedir dinheiro a alguém. "Não tenho ninguém lá", eu respondia, mas ele não dava a mínima. "Não tenho pai, minha mãe é uma pobre camponesa, não tenho ninguém." Eu tentava falar tudo isso em árabe, mas ele não dava a mínima.

Era uma grande área cercada por muros. Tudo podia ser visto desde o céu.

Ao meio-dia, o sol cai a pino, explodindo contra a areia. O homem que estava atrás de mim ordenou que eu ficasse de joelhos: "Fique de joelhos e estenda os braços". E ele me deixou lá, de braços abertos, uma pedra grande em cada mão. "Se seus braços caírem, o fuzil vai falar." "*Oke.*" E aí começa o pior.

Você começa a sentir o peso do tempo, as pedras começam a tremer. As pedras e depois os braços, e os braços e depois o peito, e o peito e depois o pescoço, e o pescoço e depois a cabeça, e a cabeça e depois tudo. Tremendo. E você cai no chão, em cima da areia quente. O sol é água fervendo na sua boca. Então ele pega o fuzil e te bate no lugar em que mais dói, paf-paf-paf. Mas isso não é nada. Isso, lá, é uma questão mínima. Para aquele homem, torturar você é como dizer bom dia. Se ele não te matar, fale muito obrigado.

De tempos em tempos, ele me dava meia xícara de água. Então, a sede grudava no meu corpo e ele tirava a xícara da minha boca. Eu pedia mais água e recebia uma porrada. Para matar a sede. "Já bebeu bastante." Meia xícara de água.

O bastante para não morrer. Porque esse era seu propósito, que eu sofresse, mas não morresse. Morto, eu não valia nem cinco centavos, e não ligaria para ninguém suplicando para enviar dinheiro. Por isso ele me dava, de quando em quando, meia xícara de água.

Duas meias xícaras de água, três dias.

Passei três dias inteiros lá, uma pessoa me torturando por vinte e quatro horas. Mas eu não estava sozinho. Havia mais cem outros comigo, mais de cem, não sei, não contei. Mas eu escutava homens e mulheres. Não havia crianças. As mulheres choravam e gritavam, a noite toda, sem parar. Quando uma ficava em silêncio a outra começava, e quando essa ficava em silêncio, a outra. E *au suivant*.

Todos os nossos torturadores eram civis, pessoas como você e eu. Os torturados também, homens e mulheres torturados, todos iguais a mim. Ninguém tinha feito nada para estar lá. Fui para a Líbia em busca do meu irmãozinho, todos os demais sonhando com um *programa* para a Europa. Mas aqueles que torturavam a gente não davam a mínima.

Não quero falar sobre essas coisas, porque quando falo começo a ver, com meus próprios olhos, tudo o que estou explicando. Você está aqui ouvindo, mas eu estou lá, na minha própria carne, e quando eu conto, vivo de novo tudo o que estou contando. É por isso que não quero falar sobre coisas assim. Mas você perguntou, e eu falei. E senti tudo de novo ao contar para você.

21

Finalmente, o velho que me levou para aquele lugar de tortura entendeu: "Ninguém vai mandar dinheiro pra levar esse moço daqui". Então me tirou daquela área, me botou no seu grande *quatre-quatre* e me levou a um lugar que eu não conhecia. Era uma esquina escura.

Chegou outro velho, um novo velho. Os dois velhos falaram na minha frente, mas eu não entendia nada. O árabe é uma língua difícil, em especial quando os velhos falam, pois falam muito rápido.

O novo velho ficou me olhando por um longo tempo, olhou todo o meu corpo, de cima para baixo, e de baixo para cima. Uma e outra vez. Não me perguntou nada, apenas olhava. E eu estava apavorado, porque os dois levavam um fuzil. Não sabia se eles iriam me matar ou não, não sabia nada sobre o que eles estavam fazendo. Mas o novo velho olhou para mim repetidas vezes.

Finalmente, tirou os olhos de mim e começou a pegar dinheiro, algumas notas. Contou uma por uma e deu tudo ao outro velho. *Au total*, trezentos. E entendi: "Esta esquina é o mercado, e trezentos dinares, meu preço". Sim, fui vendido como uma cabra.

O primeiro velho, guardou todas as notas, ligou o carro e foi embora. Assim, sem mais. *Il m'a même pas dit au revoir*.

22

Quando eu falo velho, não sei quantos anos são. Por volta de sessenta ou setenta, mas não posso dizer exatamente, não distingo bem esse tempo. Na Guiné é muito difícil conhecer um velho assim. Mas posso falar que o velho que me comprou era mais velho do que aquele que me vendeu, ele tinha até a barba mais comprida.

O carro deles era parecido, um *quatre-quatre*. Sentei atrás. Não me lembro do que conversamos, aquele velho sabia um pouco de francês, mas eu não tinha vontade de conversar. Era noite e o mundo estava escuro. E eu não sabia para onde estávamos indo.

Talvez, se eu tivesse perguntado, ele teria me contado, mas não perguntei.

Lembro que ele parou na frente de um grande portão de ferro. Passamos por ele e chegamos à uma casa grande. Tinha paredes metálicas, era um galpão. Um galpão cheio de galinhas, e as galinhas não ficavam quietas. O velho se aproximou de algumas manjedouras e as galinhas foram atrás dele, centenas de galinhas. Todas loucas. Jogou comida no chão, e as galinhas começaram a bicar.

Depois ele veio até mim e falou: "Está vendo?". "Sim", respondi. "Esse é o seu trabalho, alimentar as galinhas, duas vezes ao dia." Eram umas ervilhas amarelas bem pequenas, como se diz... *du maïs, voilà*. Milho. "Depois junte os ovos e coloque em caixas *albiol* de papelão", ele ordenou. "*Oke*", respondi.

Ele me avisou que viria todas as noites buscar os *albiols* e para me dar de comer, "senão você comerá milho, *oke*?". "*Oke*." "Até amanhã", ele. "Até amanhã", eu. E fiquei lá, em um grande galpão, com centenas de galinhas.

Comer com as galinhas, dormir com as galinhas, tudo com as galinhas. Já fiz isso também.

Costumava acordar muito cedo de manhã, dormir lá não era fácil. As galinhas começavam a cantar e eu me lembrava de Alhassane. Então levantava, misturava o milho, espalhava no chão com uma xícara e chamava as galinhas, *kotz-kotz-kotz*.

Depois ia procurar os ovos. Às vezes enchia trinta e cinco *albiols*, às vezes quarenta. À noite o velho vinha trazendo biscoitos, pão e suco para beber. Eu falava "*merci*". Conversava um pouco e ele ia embora. Ele sempre fechava a porta duas vezes, claque-claque.

A mesma coisa no dia seguinte, *kotz-kotz-kotz*, recolher os ovos, encher os *albiols*, deitar, levantar, *kotz-kotz-kotz*... Esta foi minha tática: "Vou fazer tudo o que esse velho me disser e talvez o espírito dele comece a mudar. Ele vai perceber que eu também sou uma pessoa e vai me ajudar". Mas muitas vezes você pensa uma coisa e depois não é verdade.

23

Fiquei lá nove dias. Eu e as galinhas, centenas de galinhas. Todas loucas. Às vezes passava o dia inteiro sem comer. O velho chegava no meio da noite e me dava um pouco de pão, *kotz-kotz-kotz*. Ele perguntava se alguma das galinhas tinha morrido e eu respondia: "Não, *tout est en ordre*". "*Oke.*" E ele ia embora. Sempre fechava a porta duas vezes antes de sair, claque-claque.

No décimo dia, ele veio ao pôr do sol. Me deu biscoitos, um pouco d'água, e começou a contar os *albiols*: "Um, dois, três, quatro...". Não sei quanto contou, mas o telefone dele tocou. Lembro-me de como as galinhas ficaram alvoroçadas. O velho começou a gritar: "Alô? Alô? Alô?". Ele disse três vezes "alô?" e saiu correndo para fora. Pegou a motocicleta e saiu voando.

Esqueceu de fechar a porta. Não fez claque duas vezes.

Percebi de imediato, mas esperei um pouco. Vinte minutos, trinta, quarenta, não sei quanto tempo, até ficar confiante. Por fim, vi que o velho não voltava e fugi, correndo.

Vi umas árvores, uma pequena floresta e atrás dela uma colina de areia. De lá dava para ver toda a área, inclusive as luzes de uma cidade. "Zauia", pensei, "vou descer lá, até o *trankilo* de Baba Hassan", e comecei a correr, rápido, *yallah yallah*.

Quando entrei no *trankilo*, virei os olhos pela primeira vez e pensei: "O velho ficou para trás, mas o medo não".

Depois daquela noite vivo assim, com medo de encontrar o velho. Porque sei que, se ele me encontrar de novo, vai me eliminar. Taf. Pronto. Não vai duvidar. Esse medo vive no meu corpo, às vezes me lembro dele mesmo quando estou dormindo. Vejo o velho, o velho e suas galinhas, centenas de galinhas. Todas loucas. Ele também, mais um.

24

Andei dois dias por Zauia, perguntando em todos os campos de lá. Mostrava a pequena foto, "sim, *miñan*, Alhassane, não?". "Não." Em vão. Lá não achei sinal dele, e voltei para Sábrata, à noite.

Dois guineenses me ajudaram. Fizemos o caminho pela montanha para não encontrar o velho. "Senão ele vai me eliminar", pensava, "sim, não vai duvidar."

Ao voltar para Sábrata, fui a todos os campos de lá, os dois de Baba Hassan e mais sete. Nesses também havia um grande *stock*, todos em busca de imigração, todos esperando pela aventura. Mas não encontrei Alhassane. "Vá para Sirte", me disseram, "talvez esteja lá, ou então em Trípoli, vá lá e veja." Mas não fui, não tinha dinheiro. Até a comida eu recebia dos meus amigos, estendia a mão e me davam um pouco de cuscuz.

Andei em Sábrata por dois meses. Procurei Alhassane por dois meses. Até ficar esgotado. Quando fiquei esgotado, comecei a mudar até perder o medo da morte. Certa noite, acordei e pensei: "Já não estou mais interessado na vida, prefiro a morte. Ou então o *miñan*, Alhassane, mas se eu não encontrá-lo, prefiro morrer".

25

Era sexta-feira.

Tinha dormido no *trankilo* de Baba Hassan e acabara de sair para ir à mesquita. A oração das sextas-feiras é muito importante para nós, você pode falhar todas as outras, mas não a de sexta-feira. Assim, depois de orar, eu estava indo em direção ao *trankilo* por umas ruas laterais de Sábrata. Ao meu lado, um amigo da Guiné, fula, Dimedi. "Ibrahima", ele me disse. "Sim", respondi. "Você sofre muito aqui, todo mundo fica escondendo algo de você, eu gostaria de falar sobre isso hoje."

Diminuí o passo e perguntei a ele: "O quê?". "Podemos ir em frente?", ele me implorou. "Não, quem está escondendo algo de mim aqui? Se você sabe o que é, fale por favor." "Sim, tenho a intenção de falar, mas você deve me ouvir com total atenção. O que eu recebi no meu coração, você deve receber no seu." Fiquei olhando fixo para ele e disse: "*Oke*, pode começar".

E começou.

"Você está procurando pelo seu irmão mais novo aqui, não é?" "Sim." "Eu conheço seu irmão mais novo. Estivemos juntos muitas vezes, dormimos juntos, ele lá e eu aqui, sob a mesma coberta. Eu não sabia que ele tinha um irmão mais velho, ele nunca me contou. Mas, sim, percebi que você é irmão dele, vejo como você sofre desde que veio pra Líbia. Tudo por essa criança." Disse isso e calou. Eu ouvi tudo, ouvi e pensei. Primeiro, Alhassane está na cadeia. Segundo, vou procurá-lo, não importa onde. Terceiro, vou tirá-lo da prisão e voltaremos para casa, para a Guiné. "Você sabe onde ele está?", perguntei, e ele respondeu: "Não, não sei onde está, mas sei que ele sofreu um *naufrage*".

Ele me contou tudo em pular, mas essa palavra em francês. Apenas essa palavra, *naufrage*. Era a primeira vez que eu ouvia *naufrage*. "Essa palavra que você me disse, o que isso significa?", perguntei a ele. "Não é fácil", ele me respondeu. "Quando um bote inflável sofre um acidente, todo mundo fala isto, *naufrage*." "*Naufrage?*" "Sim, *naufrage*." Pensei um pouco e perguntei: "Isso quer dizer que o Alhassane embarcou em um *programa*?". "Você entendeu bem o que eu quis dizer, mas ainda não terminei. O Alhassane não estava sozinho, havia cento e quarenta e quatro pessoas com ele."

Naufrage. Foi a primeira vez que vi essa palavra na minha frente. "Cento e quarenta e quatro." Eu não pensava que podiam entrar tantas pessoas dentro de um pequeno bote inflável. Aprendi duas coisas novas aquela manhã e considerei que era o suficiente. "*Oke*, vamos voltar para o *trankilo*?", eu disse. E voltamos para o Baba Hassan.

Deitei sobre uns papelões e fechei os olhos, pensativo. Não entendi. "*Miñan*, por que você queria ir pra Europa? Não foi isso que nós dois combinamos, eu disse pra você continuar estudando, eu te disse que você tinha olhos grandes."

Sim, olhos grandes e catorze anos, quando o vi pela última vez. Era uma criança.

Comecei a bater no papelão e meu espírito voou. Quando o espírito voa é muito difícil de segurar. "Primeiro perdi meu pai em Conacri, agora o irmão mais novo na Líbia, como vou explicar tudo isso para minha mãe?"

Por fim meu espírito regressou, aos poucos, para o lugar dele. Pensei que cento e quarenta e quatro pessoas em um pequeno bote era gente demais. "Sim, não é possível." Fui até um amigo e perguntei: "Você acha que cento e quarenta e quatro pessoas podem entrar num bote inflável?". "Ibrahima", respondeu, "isso não é nada. Na Líbia você pode ver até cento e oitenta pessoas em um bote, *ça c'est tout à fait normal.*" "*Oke*", eu disse, e tirei a foto do bolso. "Agora me diga a verdade, você está aqui há muitos meses, em Sábrata, você já viu este pequeno?" Ficou olhando e olhando, primeiro para a foto, depois para mim. Pensou por muito tempo. "Não", disse, "nunca vi."

26

Saí de Baba Hassan para a rua. Não tinha ninguém ali. Um tiro. Taf. Eu não tinha intenção de viver mais. Uma picape. Quatro tiros. Taf-taf-taf-taf. Sem medo. "Pode atirar, não vou reclamar de nada, vou é agradecer." Porque eu amava muito esse pequeno. Era meu único objetivo na vida, achar essa criança, proteger essa criança, e ajudá-la nos estudos. Porque ele tinha olhos atentos, e era menino. Meu pai dizia isso, e minha mãe também: "É um menino, graças a Deus". Sim, mas ele sofreu um *naufrage*. Cento e quarenta e três pessoas, e ele, cento e quarenta e quatro.

Mas isso não é nada na Líbia.

Terceira parte

I

Há um grande *stock* na Líbia, os *trankilos* estão cheios, as prisões também.

Taf-taf-taf, "um dia vamos matar todos vocês". Foi uma criança que me disse isso, olhando nos meus olhos. Acho que já contei isso antes, mas não importa, estou contando de novo, para que você não se esqueça, para que você saiba o que é a Líbia. Os árabes de lá são bonitos, têm pele clara, mas suas entranhas são uma caverna escura. E o kalashnikov, agora, faz parte do corpo deles. Não importa se é menino ou menina, velho ou criança, todos pensam taf-taf-taf.

O mar também os ajuda a serem assim. Mas o mar não começa no litoral. Começa no *trankilo*. Cada *campo* que tem *stock* de imigração organiza seus próprios *programas*. Você contribui com dinheiro, três mil, ou três mil e quinhentos, ou mais, se você quiser. Baba Hassan prefere se for mais. Então, põe seu nome em uma lista e, quando ela está cheia, ele organiza um bote.

Se o bote não chegar à Europa, não importa, Baba Hassan já recebeu seu dinheiro. Se antes de sair os soldados te pararem na beira d'água, não importa, Baba Hassan já recebeu seu dinheiro. Ou se, na saída, você entrar em pânico e não subir no bote, não importa, Baba Hassan já recebeu seu kalashnikov e taf, mata você. Sim, um tiro é suficiente. É desse jeito.

Vou explicar para você.

O bote é sempre à noite. Ele até é inflado na beira do mar e no último instante. Enquanto isso, você fica esperando em um canto. Assim que acabam de inflá-lo, os líbios dizem "*yallah yallah*", "rápido rápido", é hora de sair. Às vezes você vai usar uma *guba* curta, mas normalmente tem cem *gubas* e cento e cinquenta no *programa*, cinquenta pessoas vão sair sem nada. Mas nesse momento tudo é *yallah yallah*, você não deve perguntar nada.

O líbio começará a empurrar o bote e vai ligar o motor. Esse movimento é estranho para você, porque você nunca entrou na água. Talvez você nunca tenha visto o mar com seus próprios olhos, mas agora não é hora de fazer perguntas, agora você está aí, sentado na água, e é hora de partir.

Aqui está a Líbia, ali a Tunísia e lá a Itália, tudo no meio é o mar. E o mar é uma tômbola. Você sabe que muitas pessoas não conseguem chegar ao outro lado, mas o líbio lhe dirá: "*Yallah yallah*". Não importa se o mar está bravo, ele vai continuar empurrando o bote, não vai olhar o que vem na frente. Tudo o que ele quer é encher o bote de gente, quanto mais gente melhor.

Alguns, assustados, dizem que não, que não querem, e no último instante não sobem no bote. O árabe vai gritar, "quem quiser subir, suba, *yallah*, rápido", e o assustado ficará fora do bote, na areia, vestindo sua *guba*.

Ele é o primeiro a cair, taf, um tiro é o suficiente. Vão matá-lo à beira d'água, para que não reclame seu dinheiro. Ou para que não volte ao *trankilo* e comece a contar aos outros o que viu no porto. Porque isso vai espalhar o medo e Baba Hassan vai perder clientes. Isso não é bom para Baba Hassan. Portanto, os líbios não forçam ninguém a entrar no bote, mas matam lá mesmo quem não sobe, na frente dos outros, taf.

Às vezes, me pergunto: conseguirei esquecer tudo isso? Porque a cabeça é como um armário, e para tirar uma coisa do armário você tem que colocar outra coisa dentro dele. Assim a coisa nova tomará o lugar da antiga. Mas eu aqui, enquanto decidem sobre meu asilo, não faço nada. Não tenho emprego, não tenho amigos e não tenho nada para colocar no armário.

Minhas memórias ainda estão aí, não se mexem. E elas me atacam todo dia.

2

Éramos dois meninos em casa, não três. Dois. Agora sou o único. Tenho duas irmãs mais novas e minha mãe. Mas não posso pedir ajuda à minha mãe. O que um homem pode fazer não pode ser feito por uma mulher. Foi assim que me ensinaram. E vou te dizer a verdade, na África não é o mesmo perder um irmão ou irmã. Eu não falo da tristeza, falo da preocupação. Quando falo preocupação quero dizer responsabilidade, a responsabilidade de levar a família nas suas costas. Eu sei bem disso, porque desde o momento em que Alhassane se afogou no mar eu fiquei sozinho para a luta. Agora estou condenado, como muitos outros.

Mas este não era meu lugar de luta. Este não era meu destino. Nem a Líbia nem a Europa. Eu queria viver dirigindo caminhões, de Conacri a Zerecoré e de Zerecoré a Conacri, e ajudar minha família com esse trabalho. Mas Alhassane fugiu de casa e eu tive de sair para procurá-lo.

Se eu o tivesse encontrado, teria sentado ao seu lado e falado com ele. Longamente. Desde a nossa criação até hoje, explicado as coisas de novo e planejado o futuro juntos. Até ele receber minhas palavras. Porque eu sou o mais velho.

Mas eu não ia bater nele, como meu pai teria querido. Ou minha mãe. Eu nunca bati no meu irmãozinho. Meu pai batia em mim com frequência. Mas eu não sabia fazer como meu pai, e minha mãe ficava brava. "Agora sua mão é a mão do seu pai", ela dizia, "se ele não faz alguma coisa do jeito certo tem que bater nele, para que ele aprenda." "Sim, mãe", eu me curvava na frente dela, mas não fazia isso. Primeiro, meu pai tinha um cinto comprido e eu, não. Segundo, eu não tinha força para bater em ninguém. E terceiro, não sou meu pai. Portanto, eu costumava sentar ao lado do Alhassane e conversar com ele, como agora estou conversando com você.

E mesmo se eu o tivesse encontrado, eu teria falado com ele, mais uma vez. Falar, com os dois olhos. Assim as palavras não caem.

3

Não comi nem bebi nada durante três dias. Eu não conseguia. Meus amigos me ofereceram, mas: "Não". Era meu corpo, ou minha cabeça. Não sei. Perdi o equilíbrio. E o passo. Sentava no chão e pensava, "onde estou?", e não estava lá. Perguntava "com quem estou falando?", e não estava falando com ninguém. As pessoas eram estranhas. Eu era estranho. As pernas. As mãos. O corpo. Tudo estranho.

Jaarama buy. Isso na nossa língua significa "muito obrigado". Já falei antes? Desculpe, estou ficando doido. Isso é o que eu costumava dizer para aqueles que me ofereciam algo, "*jaarama buy*", e também para aqueles que não me ofereciam, "*jaarama buy*". As palavras estranhas, estranho eu, estranho tudo. Assim por três dias.

No quarto dia, parti em busca de Alhassane.

"*Naufrage*", eles me disseram, e eu ouvi "*naufrage*". Mas eu não tinha como ter certeza e continuei à procura dele. Nos mesmos lugares, entre as mesmas pessoas. Eu me aproximava deles e mostrava a foto: "Sim, *miñan*, meu irmãozinho, você viu?". E depois perguntava: "Você acha que é possível cento e quarenta e quatro pessoas num bote?". Alguns respondiam que não.

Uma semana inteira, dez dias. Duas semanas. Três. Engolindo o mar.

Eu me tornei outra pessoa.

Saía na rua e dizia: "Não tenho intenção de viver, prefiro morrer". Ficava olhando para a vida e me dava nojo. Fiquei louco. Sim, um louco, andando pelas ruas vazias de Sábrata. Ouvindo disparos, vendo disparos, sem prestar atenção de onde eles vinham. Outra rua. Stop. Os kalashnikovs não me assustavam. O desejo de morrer come o medo.

Mas não completamente. Por exemplo, eu não queria encontrar o velho dono das galinhas, porque ele ia me matar na hora. Taf. A morte é uma coisa banal na Líbia. E eu não queria dar esse prazer a ele. Mas eu queria morrer. Ou não. Não sei.

Eu não sabia o que queria. É difícil de explicar, especialmente para você, que não vivenciou isso e não conhece a Líbia. Mas eu me tornei uma pessoa diferente, não reconhecia a mim mesmo. Quando um árabe falava comigo, eu respondia o que pensava, o que eu estava pensando, e acrescentava: "Agora você decide o que fazer comigo, me mate se quiser". Mas eles não me matavam, então eu mostrava a foto do meu irmãozinho: "*No?*". "*No.*" "*Oke.*"

E continuava procurando.

4

Emi é camaronês, eu o conheci em Sábrata, no *trankilo* de Baba Hassan. Agora não sei mais onde ele se encontra, nem sei se está vivo. Talvez sim, *inshallah*. Ele me tirou desse mar sujo da Líbia.

"Ibrahima, você está lutando contra fantasmas", ele me disse. Emi usava uma tática diferente com as palavras, às vezes era difícil segui-lo. "Ibrahima, você nunca encontrará o que está procurando", ele me explicou, "ou talvez, agora, você esteja procurando outra coisa." "Não te entendo, Emi", eu respondia. "Você está procurando um castigo", continuou ele, "alguém tem que bater em você, ou prendê-lo e torturá-lo." "*Ah bon?*" "Sim, você carrega o peso da culpa, e precisa que alguém o puna até a morte. Só assim você estará de acordo consigo mesmo, de acordo e em paz." Ficou em silêncio, três segundos, ou quatro, depois continuou. "Você deve tentar viver, Ibrahima, ou sair desse mar sujo que tem dentro de você e começar a andar no chão, sentir medo, se machucar, como todos nós." "Você não sabe o que é minha dor, Emi", respondi, "você não perdeu seu irmão mais novo como Ibrahima." "É verdade", ele concordou, "você está certo, e as palavras são difíceis agora para Emi. Vou falar de outro jeito: você quer vir trabalhar comigo amanhã de manhã?"

Ele me contou que conhecia um pequeno *chantier* perto de Sábrata, em Zintane. Que os chefes eram árabes, mas não como aqueles que eu conhecia. Que ele ia lhes explicar que eu era amigo dele e que talvez me dessem um emprego. "Tenho que pensar, Emi", respondi.

Ele esperou por mim.

"Você já pensou?" "Sim. Eu não vou a esse *chantier*, Emi, sei de onde fugi e fico com medo de ver aquelas pessoas de novo." "Ibrahima, você não precisa ter medo lá, ninguém vai bater em você, você vai trabalhar lá e ser pago." "Você me garante isso?"

"Sim." "*Oke*", desisti.

Na manhã seguinte, fui trabalhar com Emi. Passamos o dia inteiro movendo tijolos de lugar. Pegar tijolos e deixar tijolos, pegar e deixar tijolos. Esse era o trabalho. Isso e Alhassane. Quando digo Alhassane, quero dizer que a culpa é minha, minha negligência, *faute de négligence*.

Certa noite, me aproximei de Emi e disse: "Emi, estou cansado daqui, quero voltar para a Argélia. Você pode me ajudar a encontrar transporte?". "*Oke*", ele me respondeu.

5

Voltei para a Argélia em uma picape, sozinho. Só com um motorista árabe. Ele me disse para ir no banco da frente e assim fiz. A cabine tinha os vidros escuros. Então, quem está do lado de fora não te vê, mas você pode vê-lo. Dava para ver tudo daquele Land Cruiser.

Lá, porém, tudo é nada. Deserto puro. Areia e areia. Se nós dois formos hoje e você me disser, "me acompanhe até a Argélia", não vou encontrar o caminho. Vou ver deserto mas não vou saber para onde ir. Os árabes, sim, os árabes conhecem bem o deserto.

O Land Cruiser parou em uma cidade pequena antes de chegar e o motorista me mandou descer. Eu desci. "A Líbia acaba aqui", explicou, "a partir de agora você tem que caminhar." "*Oke*."

Isso não era um problema para mim, já tinha estado lá antes, atrás de dois guineenses, à noite. Eu sabia como atravessar essa fronteira. Assim, às cinco da tarde, peguei água na fonte de Gadamés e sai caminhando.

Atravessei a noite de ponta a ponta, nas areias, e cheguei com a luz à Algéria. Quando você vem da Líbia, a Argélia começa em Deb Deb.

Na rodoviária de Deb Deb, em um canto, há uma pequena fonte. "Vou fazer uma oração", decidi, e me aproximei. Antes de orar, você tem que lavar o rosto. Três vezes. Depois as mãos. As mãos também três vezes, lentamente, até tocar os cotovelos. Depois vem a cabeça. E o cabelo. Isso é necessário apenas uma vez, mas deixando a água penetrar na pele. Finalmente os pés. Os pés também devem ser lavados três vezes. *Voilà*. Agora você pode orar.

Foi assim que eu fiz, para agradecer a Deus. *La Lybie, c'est fini.*

6

Mais de metade da Argélia é deserto. Mali também. Mas se você entrar em um e outro, vai perceber que o deserto nem sempre é o mesmo. No deserto do Mali há muitos cadáveres. Lá é mais fácil morrer do que viver. O vento gruda no seu corpo e o pé afunda na areia. Na Argélia, a estrada está sinalizada para caminhões, automóveis, ônibus, picapes, para todos. Para você também. Uma estrada de asfalto atravessa a areia e há algumas cidades pequenas à beira da estrada, cidades argelinas. Casas de barro, ruas de barro, uma mesquita e uma pequena fonte. Lá, você pode encher sua garrafa de água e continuar caminhando.

Caminhei por seis dias, desde Ouargla até Ghardaia. Cento e noventa *kilo*, sem comer nada. Para beber, água. Mas isso não é uma grande questão para mim, pois agora eu sei que a fome não mata a pessoa, nem a dor. Para morrer, é necessária outra tática.

Às vezes, começo a pensar e pergunto a mim mesmo: "O que é pior, a fome ou a dor?". E faço um cálculo: "Na minha opinião, entre esses dois a fome vem primeiro, sim, a fome". Porque a fome não tem vergonha, quando você está com fome você faz qualquer coisa para encontrar o que comer. Quando você está com dor pode esperar um pouco, e ser paciente.

Mas nem todas as dores têm a mesma paciência.

7

Minha dor de dente começou em Zauia, no galpão das galinhas. E me seguiu até Ghardaia. Eu costumava pensar: "Essa dor nunca vai me esquecer?". Fiquei desesperado, pois a dor não tinha limites. Tanto de dia como de noite. Eu não dormia.

Procurei um medicamento, mas não tinha um tostão e não me deram nada. "Vai passar", me disseram, mas não passou. Eu tinha vontade de morrer, cada vez mais. Até rezei para poder morrer. Sim, rezei. Não queria ficar mais por aqui. Para quê? "Se você está lá, morto", eu pensava, "você pode ficar tranquilo, ninguém vai te incomodar, ninguém vai te bater, ninguém vai te xingar. Além disso, você não terá fome e não precisará beber água." Eu pensava em tudo isso.

Saí na rua e comecei a procurar uma corda. "Preciso de um fio", eu dizia às pessoas, "uma corda fina, mas com a força de uma grossa." Elas não me entendiam. E passavam na minha frente, como se eu não estivesse lá, como se fosse mudo. "*Jaarama buy*." Andei em Ghardaia um dia inteiro procurando por uma corda, mas nada. Ninguém me ouviu, ninguém me deu.

Por fim, voltei para o albergue de Ivu. Ivu é marfinense, e trabalha em um *trankilo* em Ghardaia. Entrei lá e vi um tapete comprido, como esse tapete daí, porém um pouco mais comprido. Tinha alguns fios frouxos nas pontas, mal costurados, começando a ficar soltos. Puxei um deles com força e saiu de dentro do tapete, inteirinho, o fio. "Vou tentar com isso", pensei, e comecei.

Primeiro, fiz um nó em uma das pontas, *un noeud de tête*. Segundo, enfiei o fio na boca e amarrei com força. Sim, "agora o dente está preso". Terceiro, amarrei a outra ponta em um dos meus pés, assim. E comecei a tirar o dente com o pé. Primeiro para a esquerda e depois para a direita, sem parar. Repeti esse movimento muitas vezes. O dente ia de um lado para outro, como em um balanço, mas não queria sair. "Eu sei", pensei, deixei o pé no chão, e me levantei. Crac. Caiu no chão. O dente. Com fio e tudo mais.

Um lado do meu rosto começou a inchar, como um bote inflável. A partir da bochecha até a testa. Não dava nem para enxergar o olho. Ficou afundado sob a carne, aprisionado, não conseguia abri-lo. Fiquei assim por duas ou três semanas. Depois a carne começou a murchar, e a dor na boca aos poucos sumiu.

Quando sarei, pensei: "Tenho que começar a trabalhar". E me encaminhei para a calçada para procurar emprego em Ghardaia, na calçada que o pequeno Ismail me indicara. Um velho veio até mim e perguntou se eu sabia misturar cimento. Eu disse que sim, "*bien sûr*".

Passei uma semana inteira em Ghardaia, suando, misturando cimento. Esse suor me deu força. Quando digo força, quero dizer vontade de continuar vivendo. Comecei a ganhar algum dinheiro e a entender que eu poderia ter um lugar neste mundo.

Mas o mundo tem mais de um lugar, e um cara que estava misturando cimento ao meu lado me disse: "Em Argel tem mais trabalho do que aqui e é mais bem pago". "*Oke*", eu agradeci, e quando terminei o trabalho fui para a rodoviária.

Ghardaia-Argel, mil e duzentos dinares. Saí de Ghardaia às dez da noite e ao raiar do dia estava em Argel.

8

Tenho de voltar um pouco, esqueci de uma coisa em Ghardaia, de contar uma coisa. O que eu quero contar não é fácil de explicar, mas é importante para mim. Se eu pudesse falar como Emi, poderia formular isso muito facilmente para você, mas eu sou Ibrahima e vou tentar com minhas palavras. Vamos ver se você entende.

Antes de ir para a Líbia, conheci muitas pessoas em Ghardaia, mas quando regressei da Líbia muitos não me reconheceram. "O Ibrahima enlouqueceu", começaram a dizer. Eu não falava nada, mas ouvia tudo. "O Ibrahima é um louco agora", era o que as pessoas diziam.

Eu costumava ser divertido e ter senso de humor. Mas voltei da Líbia mudo. Estava com dor de dente. E de cabeça. Tinha dor de cabeça em todo o corpo. Especificamente, duas dores de cabeça. Uma era Alhassane; outra, minha mãe. "Como vou explicar a palavra *naufrage* para nossa mãe? Como vou contar para ela as notícias do Alhassane?" Quando começava a adivinhar as respostas, pensava: "Não estou mais interessado na vida". E não falava nada. Não fazia nada. Ficava deitado ou sentado, e escutava: "O Ibrahima enlouqueceu".

Certo dia, um amigo me viu e me disse: "Ibrahima, soube de uma coisa hoje". E eu perguntei: "O quê?". "Vi as pessoas falando no *trankilo* e disseram que você enlouqueceu." "Sim", expliquei, "é verdade, você não sabia?" Ele me respondeu que não. "É bem assim", expliquei, "como eles te disseram, agora estou louco, tá bom? *Ça te pose um problème?*" "Não", e ficou calado. Então continuei: "Você tem um cigarro?". "Sim." "Me dê um, por favor."

Acendi o cigarro e fiquei calado. *Un fou c'est comme ça*, você não tem força para nada, as pessoas não lhe interessam. Você prefere ficar sozinho.

Aqui também fico sozinho muitas vezes, pensando: "Como posso prosseguir com minha vida?". Mas me concentro e começo a olhar em volta, para a esquerda, para a direita. Meu pai dizia muitas vezes: "*Quel que soit x*, você sempre estará no meio, haverá alguém à sua frente e alguém atrás de você. A vida é assim, e você nunca pode dizer: eu sofro mais do que ninguém".

9

Você vê esse garoto, esse que está sentado aí, na cadeira de madeira?

Esse é Ousmane, ele chegou há dois meses a Irun. Sempre fica brigando no albergue, nunca se acalma. Ele fica o dia todo sem falar uma palavra, somente para pedir um cigarro, só isso, ele esqueceu das outras palavras. Todos dizem que está louco. Sim, louco. A palavra é fácil. Mas eu entendo Ousmane.

Porque também sei o que acontece quando o espírito começa a dar voltas, e quando foge não é fácil trazê-lo de volta. Tem muita gente assim, eu já vi. Na Líbia, na Argélia, no Marrocos, pessoas perdidas, desiludidas, que preferem estar mortas, mas estão vivas. Vivas sem saber para onde, sem saber por quê. É a mesma coisa aqui.

Olhe, lá está Ousmane, hoje também, na cadeira de madeira dele, você vê? O que será que ele está pensando? Será que ele consegue esquecer tudo o que lembra?

Vimos muitos cadáveres no caminho. Alguns no deserto, outros no mar. Os cadáveres estão lá, nós continuamos nos movendo. Essa é a diferença. Mas nossos movimentos são organizados por outra pessoa. "Vá lá", nos dizem, e nós vamos lá. "Venha aqui", eles nos dizem, e nós viemos aqui. Sem perguntar. Os dias passam. Sentado na cadeira e fumando um cigarro. Até que alguém ofereça outro.

O fio do equilíbrio é fino e é difícil que não se rompa. É por isso que hoje me sentei ao lado de Ousmane e lhe falei: "Não solte, Ousmane, aguente". Tentei sensibilizá-lo, para que ele mude de atitude. Mas ele me respondeu: "*Koto*, minha vida não tem mais acerto". E fiquei em silêncio, porque eu entendo Ousmane. Suas palavras e sua falta de palavras. Esse sofrimento não foi feito para uma pessoa.

Se você sofrer assim, também ficará doente. Sua mente vai te deixar em uma cadeira de madeira e vai embora. Talvez para sempre. As pessoas vão passar ao seu lado e vão dizer que você está louco. Sim, vão usar a palavra louco, como se fosse qualquer palavra. Isso é fácil.

10

"Você precisa de um pouco de amor, Ibrahima", me disse um amigo, "encontre uma pessoa e pegue na mão dela, isso vai te conectar com a vida." "Eu sei", respondi, "eu também gostaria disso, e um dia construir uma família, é meu maior sonho. Mas agora não consigo, tenho preocupações demais no meu corpo."

É assim mesmo, as pessoas aqui não acreditam, mas desde que saí da minha cidade não tive nenhum caso de amor. Não procurei por isso. E não me procuraram. *Tout simplement*. Quando eu estava na floresta, às vezes, uma mulher se aproximava de mim e me perguntava: "Ibrahima, você pode ir pegar água pra nós?", e eu respondia, "claro", e ia pegar água. Eu tentava ajudá-la sempre que podia, mas quando não conseguia fazer alguma coisa, eu dizia: "Não, isso não é possível".

Quando você tem um plano em mente, seu coração vai trabalhar nele, e começará a procurá-lo, mas, se você não pensar, seu coração ficará mudo e a vontade não virá. Então, é verdade, eu não tive nenhuma experiência assim ao longo do caminho, mas isso não me incomoda, *rien du tout*. A única coisa que me preocupa é minha vida. Quando e onde voltarei a ver minha mãe? E o que ela vai pensar de mim?

Só tenho isso na minha cabeça.

II

... desculpe, perdi o fio. Onde estávamos?

... ah, sim, em Argel.

Passei um ano e três meses em Argel, no bairro de Birkhadem. Aproximadamente quinhentos dias. Com três companheiros diários: água, areia e cimento. Também três roupas: uma pá e duas luvas. Eu comprei as luvas, porque minha mão estava se acabando. Mas nunca acabam as mãos para Birkhadem, todo dia chega suor novo lá. Do Mali, da Nigéria, de Camarões, de todo canto. Diariamente. Todos da imigração. O africano que atravessou o deserto ou o sírio que fugiu da guerra. A lógica é muito simples, se o trabalho é duro, a imigração vai fazer.

Em Birkhadem, o trabalho tinha de ser feito meio que em segredo, para não ser pego pela polícia. Mesmo à noite não saíamos do *chantier*, por precaução. Dormíamos escondidos sob alguns grandes blocos de concreto. Essa era nossa cama, um pedaço de concreto. E nossa coberta era um pedaço de papelão. Quando amanhecia: levantar, fazer oração, dobrar o papelão, e ao trabalho.

Fora do *chantier*, não conheço Argel. Nós não somos respeitados nos países do Magreb. Se alguma vez eu precisasse entrar em uma loja para comprar algo, me mandavam sair: "Não queremos animais aqui". E eu podia ouvir insultos na calçada. Ou não diziam nada, mas cobriam o nariz ao passar do meu lado.

A humilhação é constante nos países do Magreb. E não é só a polícia, são as pessoas comuns, como você e como eu, muitas vezes crianças. E você só pode aceitar, não pode falar nada.

12

Argel tem três estações. Uma de trem, outra de táxis e, por último, de ônibus. A estação de ônibus se chama Kharuba. Lá eu comprei a passagem para Oran.

Argel-Oran, oitocentos dinares, seis horas.

Quando desci do ônibus, um homem se aproximou de mim e, antes de me dar bom-dia, me disse: "Se quiser, posso te ajudar a ir pro Marrocos. Conheço bem os caminhos até lá". Era um passador, mas não era árabe. "*Je suis du Gabon*", ele me disse, "e estou na Argélia há anos." No início confiei nele, mas, enquanto me dava um pouco de informação, me pediu cem euros. "Esse é o preço do meu trabalho."

"Sinto muito", respondi, "não vou pagar nada até chegarmos ao Marrocos." "Todo mundo me paga adiantado", respondeu com raiva, "você também, como os outros."

"Não", insisti, "se você confia no seu trabalho, para você é a mesma coisa receber esse dinheiro aqui ou lá." E mostrei as notas, cem euros, em dinares da Argélia, para que ele pudesse ver que eu não estava trapaceando. Pensou um pouco e respondeu: "*Oke*. Partiremos hoje à tarde".

Pegamos um trem, de Oran para não sei onde, e descemos em uma cidade pequena, éramos quarenta e quatro pessoas. Todas como eu. "Daqui continuaremos a pé", disse o gabonês, e nossos passos se perderam no meio da montanha. Então entendi:

"Não vamos saltar barreiras, passaremos da Argélia até o Marrocos pela montanha".

Mohamed Salah é um desfiladeiro longo e profundo. Nós falamos *tunel*, os franceses chamam de *le canyon*. Quem tem vertigem forte não pode ir lá, porque você tem que andar na beira do precipício. Tudo ali é um risco. As pessoas comuns não estão acostumadas a caminhar por esses lugares. Nem a polícia.

Passamos duas noites inteiras atrás do passador. Durante o dia, ficávamos escondidos na floresta e saíamos para a estrada quando o sol desaparecia. "Os marroquinos têm projetores potentes e controlam tudo lá do topo da montanha", avisou o gabonês. "Tem que ter cuidado."

Em algum momento, as montanhas começaram a se abrir e algo apareceu na beira do desfiladeiro, uma luz fraca. Seguindo aquele sinal, chegamos a uma estradinha de asfalto. Lá havia um micro-ônibus velho esperando, ele deveria nos levar para Ujda.

Ao entrar no micro-ônibus, uma mão me deteve e perguntou: "Cadê minha grana?".

13

O caminho de Ujda a Tânger é longo demais para ser percorrido a pé. Meus pés, agora, não conseguem andar tanto. Assim que começam, lembram-se do deserto e incham de novo. Principalmente o pé direito. E então, tenho de parar.

"O ponto de ônibus fica atrás daquela praça", me disse um velho. "*Oke*", respondi, e peguei o ônibus para Tânger. Não me lembro do preço, mas sim do tempo. Saímos de Ujda às nove e quarenta da manhã e às sete da noite estávamos em Tânger.

Passei a primeira noite na rodoviária, deitado em um banco. Na manhã seguinte, um africano me explicou: "Aqui, as pessoas como você e eu moram na floresta". "*Ah bon?*" "Sim." E subi para a floresta.

Era a época do Ramadã.

Na floresta de Tânger, cada comunidade tem seu espaço. Ali a Costa do Marfim; ali a Nigéria; ali Camarões; e aqui a gente. Quase todos nós éramos muçulmanos mas ninguém respeitava o jejum, não era possível. Na floresta você come quando pode, de dia ou de noite.

No canto dos guineenses, cada um dava cinco dirhams, e ao anoitecer alguém descia para a cidade para procurar comida. Era perigoso ir até lá, porque a polícia ficava esperando. Mas a fome não tem medo, quando você está com fome faz qualquer coisa. Quando chegava a comida, o fogo estava pronto e as mulheres cozinhavam.

14

"*Doge-Doge*", "Polícia-Polícia"...

Às vezes, a polícia entrava na floresta e todos nós começávamos a correr montanha acima. Os camaroneses, os malianos, os marfinenses e a gente. A África inteira correndo. Atrás de nós a polícia marroquina, dando golpes com paus e xingando.

Fui pego duas vezes. Ainda tenho feridas, por exemplo nesta perna, você viu? Fiz isso um dia em que comecei a correr e caí em um buraco. A polícia teve de quebrar a pedra com uma marreta para eu poder tirar a perna de lá. Depois, esvaziaram meus bolsos, me botaram dentro de um ônibus e me levaram a Tiznit. "Não volte aqui."

Mas eu voltei. Porque eles não tiraram o dinheiro de mim. A sacola do dinheiro sim, com a foto do meu irmãozinho e um telefone Sony Ericsson. Mas nada de dinheiro. Somente eu sabia onde guardava o dinheiro.

15

Passei três meses em Tânger. Vinte e quatro horas ao dia com vigias ao meu redor, sempre com medo. Queria embarcar em um *programa*, mas não era fácil. Os passadores pediam quatro mil euros ou três mil e quinhentos. *Au minimum minimum*, três mil. E eu tinha dois mil e setecentos euros.

A tômbola não é barata, e é perigosa.

No desespero, alguns apostam em uma oportunidade milagrosa: *le ramer-ramer*. Entre quatro ou cinco pessoas juntam o dinheiro e compram um pequeno bote inflável. Pegam alguns pedaços de madeira e vão embora. Esse *programa* custa só cem euros, mas o risco é grande. Se começar a entrar água no barco, *c'est fini*.

Recentemente fiquei sabendo que uns amigos que deixei na floresta de Tânger morreram no mar. Me mandaram uma mensagem pelo Messenger.

16

"Em Nador, os *programas* pra Europa são mais baratos do que aqui." Foi um maliano que me disse isso em Tânger. Eu imediatamente calculei: "Se lá são mais baratos, o que você está fazendo aqui?". Não acreditei nele. Mas fui para Nador.

Passei um total de seis meses na floresta de Nador. O que meus olhos viram lá não é fácil de explicar.

Yirry, na nossa língua, é arroz, e *redouye*, mulher grávida.

Era domingo ou sábado, não me lembro agora. As mulheres prepararam arroz gorduroso. Eu tinha acordado às cinco da manhã para procurar água e por volta das onze a panela estava pronta. Cada um estava com sua caneca na mão, esperando, já levávamos dois dias sem comer. Mas alguém se levantou e gritou "*doge-doge*". Virei os olhos e vi os caminhões da polícia na floresta. Estávamos rodeados.

Todos jogaram a caneca e saíram correndo. Esperei um pouco. "Acordei mais cedo do que os pássaros para procurar água, as mulheres passaram a manhã inteira preparando o arroz, não vou deixar esta panela para a polícia." Peguei um pano grande, fiz um nó e coloquei a panela na minha cabeça. Minha mãe me ensinou essa técnica quando eu era criança. Amarrei o pano e saí pulando no meio do mato com a panela na cabeça. A polícia vinha correndo atrás de mim, gritando: "Stop, *taburdimok*, stop". *Taburdimok*, em árabe, é uma palavra suja.

No fim tive sorte, não fui pego. Acho que todos os homens conseguiram escapar. As mulheres, não. Isso acontece muitas vezes na floresta. Porque as mulheres não podem deixar os filhos para trás e sair correndo. Começam a amarrá-los nas costas ou a pendurá-los no braço, e assim perdem tempo. Naquele dia, levaram muitas mulheres de Nador.

Voltamos três ou quatro horas depois para o lugar inicial, e achamos as canecas quebradas em mil pedaços. A polícia ficou pisando nas canecas ou as quebrou com pedras para que não pudéssemos comer nada. Então um do grupo perguntou: "E onde está o arroz? Deixamos a panela aqui, não foi?". "Esses *bunbula* vão acabar com a gente." *Bunbula*, na língua da floresta, é a polícia.

Eu estava escondido atrás de uma árvore, ouvindo tudo. Quando saí, começaram a gritar: "*Eeeeehhh, grand el-Haj!* Você guardou a panela? Viva o grande Ibrahima!". Coloquei a panela no chão e todos começaram a comer o arroz. Como loucos.

17

Minha dor de estômago não começou em Nador, vinha comigo desde a Argélia. Desde que nasci nunca tive um sofrimento tão grande, e pensava: "O homem logo vai desaparecer". Quando eu digo *homem*, esse homem sou eu, e a dor também sou eu, totalmente eu. Mas acima de tudo minha barriga, começando do peito até a perna. Como se você fosse agora torcer meus intestinos com um alicate.

Mas não podia fazer nada em Tânger ou Nador. Lá no Marrocos não é como aqui. Aqui me levaram ao hospital e o médico disse: "Temos que abrir isso hoje mesmo". Ele me fez dormir e acordei com vinte pontos na barriga. Tinha uma hérnia no estômago. Mas na Argélia ou no Marrocos você não pode ir ao hospital. Assim que você passar pela porta, vão te dizer: "Vá para o seu país, este não é o seu lugar". Assim, eu vivia com dor de barriga e pensava: "O homem logo vai desaparecer".

Um dia, um amigo se aproximou de mim e disse: "Ibrahima, vou chamar um *marabout*".

Na África, *le marabout* é uma pessoa que conhece os segredos do corpo, mas não é médico, nunca frequentou uma escola. Eu disse não, "vai passar". "Não, Ibrahima", ele insistiu, "vejo o sofrimento nos seus olhos, e vou agora procurar um *marabout*." Cinco minutos depois, lá estávamos nós dois. Eu guineense, ele nigeriano. Eu dor de barriga, ele *le marabout*. Ele me fez umas perguntas e começou com suas *maraboutadas*.

Primeiro, tocou minha barriga. Segundo, mexeu os braços. Terceiro, fechou os olhos. Pensa-se melhor de olhos fechados. "Ibrahima, como é a dor?", perguntou. "Desde que minha mãe me trouxe ao mundo, nunca senti um sofrimento assim", respondi. "*Oke*, para tirar essa dor você tem que comer uma planta. O nome dessa planta é...", agora esqueci.

Pois é, eu sabia... espere aí...

Não, não me lembro. Não importa. Além disso, eu não confiava, e eu disse a ele que meu corpo não estava acostumado a comer essas coisas. "Ibrahima, esse é o seu remédio", repetiu, "isso é o que você precisa comer para sarar." "*Oke*", respondi, "muito obrigado."

Mas não comi. Quando você tem uma dor no corpo, ele costura as outras feridas, e faz você se esquecer delas. E eu sabia o que ia me atacar quando a dor de barriga fosse embora. "Alhassane, *miñan*..." E não há plantas na floresta para essa dor, eu sei disso sem ser *marabout*.

Assim, a dor de estômago me acompanhou da Argélia até o Marrocos. Em Ujdan esteve comigo por três dias, e por mais dias em Tânger. A mesma coisa em Nador. Mas lá não é como aqui. Se você for para o hospital, alguém vai se aproximar de você e vai te dizer: "Este não é o seu lugar, fora daqui".

E o alicate vai continuar a torcer seus intestinos.

18

Quando você mora na floresta, em Tânger ou em Nador, não importa onde, sempre há outra floresta, invisível, que cada um carrega em si. As pessoas ficam em silêncio, ninguém conta nada, mas você olha nos olhos e sente que ela tem alguma coisa, algo de que não consegue escapar. Porque a polícia é fácil de driblar, mas não essa outra coisa.

Quando falo *essa outra coisa*, quero dizer a história de cada um.

Porque eu não tinha intenção de sair na aventura. Eu estava aprendendo a dirigir caminhões e acho que se eu tivesse continuado um pouco mais teria começado logo a trabalhar. Com essa profissão, poderia manter minha família sem sair da Guiné. Esse era meu objetivo. Mas meu irmão mais novo foi embora e meu destino mudou.

Liguei da Argélia para minha mãe. Era sexta-feira. Expliquei que não voltaria a ver Alhassane, e ela começou a gritar, chorando. Naquele momento, minha mãe chorou muito. Depois disso, não sei mais nada. O crédito do telefone acabou e não conseguimos finalizar a conversa. Quando a ligação caiu, eu também chorei, porque amava aquela criança.

É por isso que quando falo *essa outra coisa*, quero dizer a história de cada um. Os sonhos e os erros de cada um. Mas é inútil; quando você está na floresta, o que ficou para trás fica longe demais, e você não sabe se existe algo à sua frente. Você está preso entre o deserto e o mar, bem no meio, como um animal. E é isso, em Tânger ou Nador, o que cada um de nós carrega em silêncio, nas suas entranhas.

Mesmo aqui, *essa outra coisa* me ataca todos os dias, e eu tenho medo. Medo, de perder até minhas irmãzinhas. Rouguiatou e Binta. Antes de sair de casa, existia uma movimentação entre nós que não é fácil de explicar com palavras. Elas escutavam tudo que eu falava, e sempre estavam de acordo comigo. Mas já passou muito tempo desde que saí de casa, e o tempo muda tudo.

É por isso que, quando posso, ligo para minha mãe e pergunto: "Mãe, as irmãzinhas estão bem?". Então ela passa o telefone para as minhas irmãzinhas e elas perguntam: "Ibrahima, você se lembra da gente?".

19

Se alguma vez eu voltar para casa, e minha mãe e minhas irmãzinhas estiverem lá, gostaria de contar para elas tudo o que estou contando para você. Para que me entendam um pouco, elas também. Pois elas não sabem de nada. O crédito de telefone é curto e o caminho é longo. Mas, se um dia eu voltar lá, e elas estiverem lá, vou sentar ao lado delas e vou contar.

A vida não é fácil de contar. Primeiro Mali, depois Líbia. Taf-taf e as torturas. Sim, tudo isso é verdade, foi assim que andei procurando Alhassane. Mas ele subiu em um barco e partiu para o mar. Cento e quarenta e três pessoas, e ele. Eu não sabia de nada. Até que em uma sexta-feira, ao voltar da oração, ouvi a palavra *naufrage*. Foi então que eu entendi, "*c'est fini*, caiu das minhas mãos".

Vou contar tudo isso a elas.

E sei o que elas vão me perguntar: por que não voltei para casa, se meu destino não era a Europa. Eu também me pergunto isso muitas vezes, e não é fácil de explicar. Mas eu vou te contar. Primeiro, quando uma culpa te atinge, é difícil encontrar seu caminho. Segundo, quando você chega à Argélia ou à Líbia, é tarde para voltar atrás, sua casa ficou longe demais. E terceiro, eu não mereço que os olhos da minha mãe me vejam. Isso é o que eu realmente penso.

É por isso que já faz um tempo que não faço oração. A última vez foi quando me levaram à tômbola. Sim, lá, quando saí sem a *guba*. Eu orei e pensei: "Se Deus quer que eu chegue à Europa, chegarei à Europa. Se ele não quiser que seja assim, vou me perder no mar".

Eu também.

20

"Eu não tenho tanto dinheiro."

Era isso que eu falava aos passadores que vinham à floresta vender *programas*. Eles pensavam que eu estava mentindo, que me recusava a pagar o preço total. Mas era verdade, eu não tinha três mil euros. Cheguei a Nador com dois mil e seiscentos euros. Assim, não chegávamos a um acordo e eles iam embora.

Nem todos os passadores eram árabes. Alguns pertenciam à nossa etnia, tinham partido para a Europa e o instinto comercial fazia com que ficassem por lá. Para trabalhar no comércio é muito importante ter um coração pequeno. Isso não é um problema, é necessário, mas nem todo mundo pode. Talvez se aprenda aos poucos, não sei, nunca tentei.

Um dia, um cara chamado Bahry subiu até a floresta. Ele era guineense e falava pular. Também queria três mil euros, como todo mundo, mas expliquei meu caso e ele tomou o tempo para ouvir. Ele me disse que naquele momento não poderia me ajudar, para dar um tempinho, dez dias, ou quinze, e me responderia. "*Oke*, eu não vou sair daqui."

Mais de dois meses se passaram e eu não vi Bahry novamente. Ele me deixou o número de telefone escrito em um papel e eu liguei para ele do celular de um amigo, mas não respondia. Finalmente desisti, e pensei: "Agora esta floresta é minha casa, nunca mais sairei daqui".

Acho que era quarta-feira, talvez quinta-feira, não tenho certeza, mas vi Bahry de novo. Ele subiu até a floresta com dois marroquinos. Estavam preparando um *programa* e procuravam clientes. Pediam três mil e quinhentos euros e as pessoas tentavam abaixar o preço, por exemplo três mil e duzentos ou três mil. Mas quando a floresta está cheia de gente, isso não é fácil. Mesmo se você disser não, há sempre mais alguém. O comércio é assim.

Depois de dar uma volta, Bahry se aproximou de mim. "Tudo bem?", perguntou. Eu: "*Djantou*", respondi. "Ibrahima, não tenho um *programa* para você, mas tenho outra coisa." "*Ah bon*, o quê é?" "Se você quiser, pode vir até minha casa, ficará lá até que o próximo *programa* esteja pronto."

Descemos da floresta, entramos no carro e fomos até o apartamento dele. Bahry morava em um bairro de Nador. Cozinha, um quarto e sala de estar. Naquela noite eu dormi no sofá e minhas costas ficaram muito surpresas. Fazia mais de dois anos que deitavam em cima de blocos de concreto ou na floresta.

Quando acordei, preparei o café da manhã para todos. Todos eram Bahry e a esposa de Bahry. "Depois de terminar de tomar o café da manhã, você vai começar a limpar a cozinha", mandou. "Você fará aqui todo o trabalho que uma mulher faz em uma casa." "*Oke*", respondi.

Passei três meses sem sair daquele pequeno apartamento.

21

Certa manhã, Bahry disse: "Ibrahima, hoje vou preparar um *programa*, rezei a Deus para que seja seguro, eu gostaria que você também embarcasse". "*Oke*, sem problema", respondi.

Acertamos por dois mil euros. Esse foi o preço da minha viagem. Dois mil euros e todo o trabalho que fiz na casa dele durante três meses.

À noite, ele me levou até a beira da água. O bote tinha nove buracos para encher de ar, e todos estavam se matando para isso com bombas manuais, com bombas de pé, infla infla infla infla. A música daquelas bombas ainda está no meu ouvido: ful-ful-ful-ful-ful. Tudo isso é feito no último minuto. Inflar, amarrar o motor, dar uma bússola e empurrar até a água. Você vai embora. Não, espere. Ainda não. Esqueci de uma coisa.

A polícia marroquina tem uns grandes projetores e controla tudo do topo das montanhas. Eles também nos viram, estávamos prestes a partir, e começaram a gritar. Então os árabes continuaram bombeando sem respirar, ful-ful-ful-ful. Os árabes são bons nisso.

Por precaução, o barco deve estar muito inflado. Porque às vezes começa a perder ar no caminho. E porque geralmente leva mais pessoas do que deveria. Ful-ful-ful-ful. Nós éramos cinquenta e três pessoas. Crianças, mulheres e homens.

... amarrar o motor, dar uma bússola e empurrar até a água. Você vai embora. Agora sim. Você está nas garras da fortuna.

Você olha para os quatro lados e tudo é a mesma coisa: o mar. E você nunca se sentou sobre ele. Então o motor para, porque o capitão mudou de velocidade, ou vai saber por quê, mas o motor parou.

Começaram a puxar o fio que estava pendurado, puxa puxa puxa puxa. Puxaram até desistir. Finalmente o motor pegou e continuamos em frente, longe da margem. Lá, você olha de novo para os quatro lados e tudo é a mesma coisa: o mar, e você não sabe nadar. Então a bússola estraga.

Antes de partir, o árabe nos explicou: "Se o ponteiro estiver entre zero e quinze, vocês estão no caminho certo, mas se o ponteiro passa de quinze para trinta, não é a boa direção". E eu não sei o que aconteceu, mas alguém disse, "a bússola molhou", e então continuamos em frente sem números, sem saber para onde estávamos indo.

Desaparecemos no meio do mar.

Lá, você olha novamente para os quatro lados e tudo é igual: o mar, e começam a sair alguns pedaços grandes de carne de debaixo d'água, *ohhhhhh*. Primeiro sobem e depois descem, *ohhhhhh*. Alguém disse, "*des dauphins*". Mas eu nunca tinha ouvido essa palavra, e fiquei com medo, achei que vinham em cima de mim.

Ohhhhhhh...

Meu espírito saiu voando. "O Alhassane deve ter saído em uma noite como esta", pensei. E lembrei de toda a minha família. Primeiro do meu pai, depois da minha mãe e por fim das duas mais novas da casa, Binta e Rouguiatou.

Quando você se senta sobre o mar, você está no meio de uma encruzilhada. Ou vida ou morte.

Não há outra saída por lá.

22

Passamos a noite inteira no mar, à deriva. As pessoas começaram a chorar, principalmente as mulheres, mas não só as mulheres, o capitão também. Era senegalês. Não sei quem o nomeou chefe da expedição. Ele disse que conhecia o mar, mas um capitão precisa ter mais força no coração, mostrar que é o mais corajoso, e ele chorava igual criança. Assim é difícil chegar à Europa.

Tentei amarrar as asas do meu espírito, não pensar mais, porém não era fácil. Eu podia ver o rosto da minha mãe diante dos meus olhos. E pensava: "O Alhassane deve ter saído em uma noite como esta".

O mar é comprido, como a noite. Mas a noite, se você espera um pouco, te deixa num canto, e então é dia, nasce a luz. A longitude do mar aparece de novo, e você pensa, *impossible*.

Do nada, o bote começou a perder o ar. O capitão mandou todo mundo ficar de um lado e o bote quase virou. Todos gritaram, e depois choraram. Eu também. Estava morrendo de medo. Lá, pela última vez, olhei para os quatro lados e vi a mesma coisa: *impossible*.

Alguns deles usavam uma *guba* de trapos, outros pneus de bicicleta enrolados nas costas, *une chambre à air*. Eu não estava usando nada, e isso era mais um peso na minha consciência. Calculei que eu tinha menos esperança do que eles.

Onze horas em ponto. Tudo na mesma.

Doze horas em ponto, e fiquei à espera da morte. Principalmente quando depois de apertar o bote com os dedos percebi que não tinha mais ar, que estava totalmente murcho.

Treze horas em ponto e tudo na mesma. Continuava à espera da morte.

23

Catorze em ponto e um helicóptero. Primeiro você o escuta, depois você o vê, finalmente acredita. Sim, um helicóptero.

Tirei as *gubas* de duas meninas que estavam ao meu lado e comecei a agitá-las no ar. Para a esquerda e para a direita. Os outros também fizeram a mesma coisa. Esse era nosso sinal. Todas as *gubas* dançando por cima da nossa cabeça, "*à l'aide, à l'aide*".

O helicóptero desceu até nossa altura e começou a dar voltas ao redor. As hélices deixam o mar agitado e o bote quase vira. Todo mundo gritava, "*à l'aide, à l'aide*".

Eles viram a gente, acenaram para nós com a mão. Nesse instante, fiquei abalado. Minha mãe me veio à cabeça. "Ela deve estar lá na aldeia, o que será que está fazendo?" Quando o helicóptero foi embora, fiquei sem nenhuma esperança de sair vivo de lá.

Em quarenta minutos ele estava de volta. Primeiro um helicóptero, depois um navio. *Salvamento Marítimo*. Reconheci pela cor que me explicaram na floresta, "o barco que virá te salvar terá a cor de uma laranja". Era aquele mesmo. Todos começamos a gritar: "*Boza! Boza! Boza!*".

Esse grito é uma canção entre os africanos. É pronunciado quando a aventura no mar termina com sucesso. "*Boza! Boza!*

Boza!" Na floresta de Tânger ou Nador, quando se sabe que um *programa* chegou à Europa, a notícia se espalha rapidamente, "ontem cem pessoas cantaram *boza*".

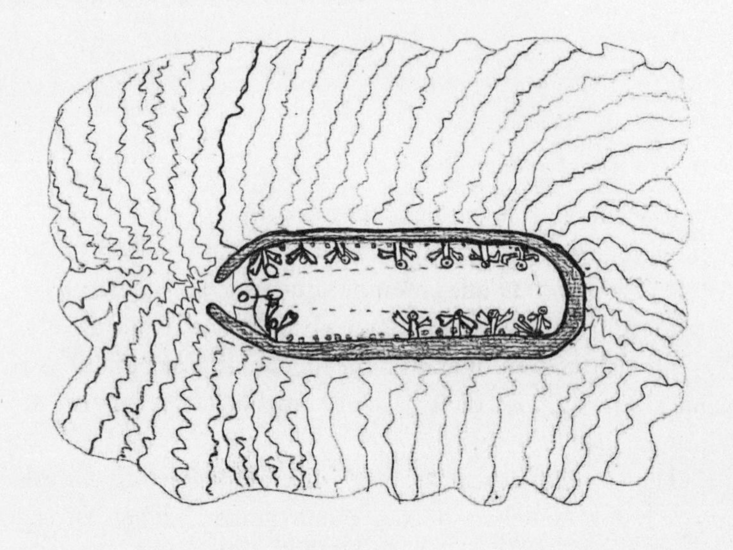

24

O barco de salvamento parou ao nosso lado e nos ofereceu uma longa corda. Primeiro fizeram as crianças e as mulheres subirem. Estávamos todos gritando, pedindo nossa vez, e do navio diziam, "*tranquilo, tranquilo*". Eu conheço muitas palavras em francês e pensei de imediato, "essa palavra significa estar calmo". Então me acalmei um pouco.

Chegou minha vez. Me lançaram a corda para subir e me deram um cobertor e água. Tomei um gole e comecei a chorar. Chorei como uma criança pequena. Então, levantei e olhei em volta para tentar ver de onde eu estava vindo.

Agora eu sei, o mar não é lugar para ninguém se sentar.

E você, mencionado tantas vezes,
estará pensando quem você é.

Você pode ser um policial,
em uma mesa de uma delegacia
que está decidindo sobre meu asilo.
Você vai ver
o que fazer comigo.

Ou talvez você seja minha mãe
Fatimatu Diallo
tirei algumas palavras de você,
desculpe,
ainda não contei tudo isso para você.

Ou você é Fatumata Binta
ou você Rouguiatou
Eu gostaria que você soubesse
que Ibrahima não se esqueceu de você.

Mas esta história tem mais vocês,

você é Ismail
ou você é Emi
Eu me pergunto se você está vivo hoje
e aonde o destino o levou.

Ou talvez seja você
quem agora está atravessando o deserto,
ou está na floresta esperando por um *programa*,
todas essas informações são para você também.

Ou foi você quem me ajudou a chegar aqui
em Oran ou Irun,
quantos vocês.

Ou simplesmente
você é você
que agora está lendo este poema.

Você dirá
esse você sou eu?

Sim
se você quiser
esse você é você,

mas eu não,
eu sou Ibrahima,
e esta é a minha vida.

Epílogo

Amets Arzallus Antia

Ibrahima chegou ao País Basco em outubro de 2018. Passou um dia inteiro no hospital de Bilbao com dor na barriga. Quando a dor passou, o médico disse "você pode ir", e ele continuou seu caminho. Atravessou a pé a fronteira de Irun e apareceu em Hendaia, mas a polícia francesa o deteve e, sem abrir nenhum processo, devolveu-o ao outro lado da fronteira, de volta a Irun.

Eu o conheci em 25 de outubro. Acho que foi numa terça-feira, mas não me dê muito crédito, perguntei a Ibrahima e ele me disse "acho que foi numa quinta-feira", e neste ano em que trabalhamos juntos aprendi que a memória dele é muito mais precisa que a minha.

Naquela época, eu colaborava uma vez por semana, mais ou menos, na Rede de Apoio de Irun, um grupo de pessoas que ajuda os imigrantes. A Rede é formada por voluntários sem sede nem estatuto nem nada. Um grupo de WhatsApp e uma mesa de madeira em uma praça de Irun. Ao lado da mesa, uma faixa: ONGI ETORRI, ERREFUXIATUAK [Bem-vindos, refugiados]. Oferecem café, chocolate, conselhos, uma cadeira. Porque empatia e um pouco de carinho também são necessidades básicas.

E os imigrantes chegam diariamente, chegam e partem, passam pelas nossas ruas, em seus trajetos.

Por isso, todas as manhãs fazíamos um pequeno tour, que começava às nove da manhã na estação ferroviária de Irun e continuava com um percurso pela fronteira, caso encontrássemos alguém que precisasse de ajuda. Foi assim que conheci Ibrahima, na estação de Renfe. Ele estava sentado em um banquinho de ferro, uma mochila entre as pernas. Vestia um casaco azul e sandálias de couro. Quando o abordei para falar sobre a Rede de Apoio, ele respondeu "*merci*". A palavra *merci* às vezes significa "obrigado" e outras vezes significa "sim, sim, eu já sei". Ele me contou que estava havia dois dias em Irun, que conhecia nosso grupo, que estava na estação para recarregar o celular. "Mas se você quiser, eu te ajudo", ele me disse, "será mais fácil ganhar a confiança dos imigrantes se eu me aproximar deles primeiro, depois você."

Ele me ajudou a fazer o tour curto naquela manhã.

Enquanto andávamos pela margem do Bidasoa, perguntei a ele: "De onde você é?". "Da Guiné", respondeu. "Guiné Conacri?" "Sim, Guiné Conacri." "Tem irmãos?" Houve um longo silêncio e ele respondeu "*mon frère, la vie c'est pas facile à dire*" [meu amigo, a vida não é fácil de contar].

Foi assim que percebi, pela primeira vez, que havia algo especial naquela voz. Uma ferida especial, uma forma especial de contar. Como se seu corpo fosse embora com as palavras.

Não sou escritor, embora goste dessa lama de palavras. Não pretendia escrever livro nenhum e já tinha deixado de lado o jornalismo fazia algum tempo. Havia anos que vivia da improvisação, cantando versos. É um trabalho anacrônico, de rima e métrica, com uma agenda caótica: trabalhar quando os outros fazem festa, descansar durante a semana. Em qualquer terça-feira eu podia aparecer na Rede de Apoio de Irun, por exemplo.

Lá já tinha feito algumas entrevistas com imigrantes que pediam asilo. Porque o asilo deve ser defendido diante de um policial uniformizado, desfazendo os próprios nós, nadando nas próprias feridas. É uma situação difícil para um imigrante. Por isso preparava um pequeno dossiê com a história deles, para que o entregassem quando prestassem depoimento na delegacia.

Foi por isso que entrevistei Ibrahima pela primeira vez quando ele decidiu pedir asilo no País Basco. Era uma manhã de segunda-feira, um banco num parque, caligrafias adolescentes na madeira. E quando apertei a tecla *record* do gravador, aconteceu de novo. Novamente, aquele jeito de falar.

"*Mon frère*, estou na Europa, mas eu não queria vir para a Europa."

As perguntas não eram fáceis e as respostas eram ainda mais difíceis, mas ele tinha um jeito estranho de desatar os nós. Uma lógica, uma sintaxe, uma poética particular. Uma intuição para medir a duração dos silêncios, resíduo de uma tradição oral. Me surpreendeu, e fiquei um pouco desorientado.

Quando te contam algo tão duro de uma forma tão peculiar, você fica sem saber no que se segurar. Você não sabe se é legítimo sentir o que está sentindo além da amargura, se é apropriado sentir, como se diz, aquele espanto, aquela estranha beleza. E você tenta ignorar o sentimento, para não se deixar levar, mas continua sentindo.

Me pegou, e sugeri que nos encontrássemos novamente para outra entrevista. Ibrahima me respondeu "*oke*", e assim, sem percebermos, começou a surgir entre nós um movimento que não é fácil de explicar em palavras.

No início, este livro não era um livro. Não tinha intenção literária, nem imaginava leitores, exceto um policial uniformizado, do tipo que passa o dia marcando "não" nos pedidos de asilo. Mas um dia, não sei bem o porquê, talvez para não dar um presente a alguém que não iria apreciá-lo, pensei que poderíamos criar outra coisa. Outra coisa, sem saber bem o quê, talvez um livro.

Propus isso a Ibrahima, e ele respondeu: "*oke*".

Começamos a nos reunir uma vez por semana. Primeiro em Irun, depois em Oñati, porque o processo de asilo o levou a um abrigo naquela cidade. Eu ia da minha casa de carro, e ao anoitecer voltava sem ouvir música, pensativo, confuso. Dirigia com aquela voz, com os fragmentos da vida dele girando em minha cabeça, e com uma preocupação: de que forma escrever aquilo. Como escrever uma ferida sem rasgar o pudor e a privacidade de quem a sofre. Como escrever com respeito, sem me exibir em acrobacias com a dor alheia.

Comecei a escrever este livro com um certo tremor nas mãos. Um tremor que perdurava quando o entreguei ao editor, apesar de terem se passado dez meses.

Dez meses para fabricar uma língua basca que coubesse na oralidade de Ibrahima, por vezes quebrando meu idioma, subvertendo o equilíbrio das palavras, para que você ouça a voz dele, para que você sinta o olhar dele, sem que eu me torne uma alfândega moral. Nem gramatical, nem política. Eu me comprometi com essa tentativa ética e estética.

Dez meses trançando o relacionamento entre vocês.

A relação entre vocês e a nossa, porque aquele movimento que surgiu com o livro permanece entre mim e Ibrahima. Às vezes trocamos palavras em basco e pular. Por exemplo, *miña*. Em basco, *miña* significa dor, e um amigo próximo é chamado de *lagun miña*.

Em setembro de 2019, no dia em que a edição original deste livro foi para a impressão, Ibrahima recebeu uma notificação da delegacia. Uma única página, em papel reciclado, fonte Arial.

RESOLUÇÃO:
NEGAR O DIREITO DE ASILO, BEM COMO A PROTEÇÃO SUBSIDIÁRIA A ELHADJ IBRAHIMA BALDE, CIDADÃO GUINEENSE.

O livro saiu da gráfica quinze dias depois, não tivemos tempo de entregar um exemplar na delegacia. Nem de escrever esta pequena nota no final, ou na contracapa:

Este é um livro escrito sem papéis.

Maio de 2021

Grafia atualizada segundo o Acordo Ortográfico da Língua
Portuguesa de 1990, que entrou em vigor no Brasil em 2009.

capa
Paula Carvalho
ilustração de capa
Paola Saliby
mapa pp. 9-10
Yanaïta Araguas
desenhos
Ibrahima Balde
preparação
Silvia Massimini Felix
revisão
Gabriela Rocha
Jane Pessoa

Dados Internacionais de Catalogação na Publicação (CIP)

Antia, Amets Arzallus (1983-)
Meu irmãozinho / Amets Arzallus Antia, Ibrahima Balde ; tradução Estebe Ormazabal. — 1. ed. — São Paulo : Todavia, 2024.

Título original: Miñan
ISBN 978-65-5692-654-4

1. Literatura basca. 2. Memórias. 3. Refugiados. 4. País Basco — história. I. Balde, Ibrahima. II. Ormazabal, Estebe. III. Título.

CDD 891.9

Índice para catálogo sistemático:
1. Literatura basca : Memórias 891.9

Bruna Heller — Bibliotecária — CRB 10/2348

todavia
Rua Luís Anhaia, 44
05433.020 São Paulo SP
T. 55 11 3094 0500
www.todavialivros.com.br

fonte
Register*
papel
Pólen natural 80 g/m²
impressão
Geográfica